달빛에 달은 없고

한국 희곡 명작선 62

# 달빛에 달은 없고

김명주

평민사

김정주

달빛에  달은, 없고

## 등장인물

원일(큰스님)
지선(원일의 도반)
자운(원일의 도반)
혜운(원일의 상좌)
명호(원일의 상좌)
보현(원일의 상좌)
의사1, 2
간호사1, 2
장보살
보살1, 2
금은방 주인 외 기타

## 때

어느 날

## 장소

산사

## 무대

무대 한 쪽은 선방이 위치하고 다른 한 쪽은 비어있다. 선방은 상황에 따라 주지가 거하는 곳으로도, 참선을 하는 곳 등등 다양하게 연출되며 별다른 장식 없이 단출하다. 선방 옆의 빈 공간은 병원, 치과, 공양간, 부도밭 등으로 적절히 원근의 공간으로 활용된다. 불이 켜지면 혜운, 선방에서 무언가를 쓰고 있다. 명호, 등장.

**명호**  (머리에 쓴 털모자를 벗으며) 갑자기 추워지려나본데. 바람이 장난이 아냐.

바람 소리가 난다.

**혜운**  (고개를 들며 귀를 기울인다) 야! 진짜 바람 소린데.

**명호**  (툴툴거리며) 이 사람이! 그럼 가짜 바람 소리도 있나?

**혜운**  아니 왜 목소리에 날이 섰어?

**명호**  왜라니? 오늘 김장하는 날이란 걸 몰라서 하는 말인가? 이 날씨에 김장을 어떻게 할지 걱정이구만 자넨 아무 걱정 없이 앉아서 글만 쓰고 있구만.

**혜운**  참 오늘 김장한다고 그랬지.

**명호**  이것 보게! 절 일을 먼 산 불구경하듯 하는구만.

**혜운**  그렇지 않아. 잠시 깜박했어.

**명호**  잠시 깜박한 게 아니라 늘 깜박이지. 생각이 딴 데 가있으니.

**혜운**  내가?

**명호**  어제도 보살님들이 밤늦게까지 소금물에 김장 절이느라 부산을 떠는데도 자넨 고빼기도 비치지 않았어.

**혜운**  천축산에 갔다 오느라 갈 수가 없었어. 알면서 그래.

**명호**  일은 잘 되었어?

**혜운**  다행히 지선스님을 만날 수 있었어. 건강이 안 좋으시다 해서 가는 내내 조마조마했거든.

**명호**  그런데 지선스님이 누군지 난 잘 모르겠어.

**혜운**  나도 몰랐어. 근데 그 스님이 생전에 한 때 우리 큰스님 과 동문수학한 사이였어.

**명호**  그래? 근데 왜 이름이 생소하지?

**혜운**  우리 큰스님처럼 그분도 나서질 않아. 그래서 거의 알려 지지 않았고. 하지만 진성 스님 밑에서 같이 공부를 했 어. 그런데 그동안 소식을 몰랐다가 이번에 그 스님 계 신 곳을 우연히 알게 된 거야. 그래서 녹음기를 들고 한 달음에 달려갔지. 그런데 정말 건강이 안 좋너군. 조금만 늦었더라면 소중한 얘기를 못 들을 뻔했어.

**명호**  지금 그거 정리하고 있는 거야?

**혜운**  그렇네.

**명호**  자네도 끈질기군.

**혜운**  시작을 했으니 끝을 봐야지. 죽기 전에 큰스님 말씀을 묶어 서책을 만들 걸세.

**명호**  죽다니! 아직 새파란 사람이.

**혜운**  가는 것이 때가 있는가. 내일 갈 수도 모레 갈 수도 지금 당장 갈 수도. 생사란 기약이 없는 것일세. 그런데 큰스 님 돌아가신 지 벌써 20년이 지나다보니 큰스님에 대한 기록이 많이 사라졌어.

**명호**  (혜운 앞에 놓인 원고를 보고) 그래도 자료가 꽤나 많은 것 같 은데?

**혜운**  큰스님에 대한 기억이 조금이라도 남아있는 스님들은 거진 다 만난 것 같애. 그분들 말씀 녹음한 거 원고로 다 옮겼고. 큰스님 법어 남긴 것도 몇 개 있는데 다 합치면 책 한 권은 족히 될 거야. 근데 만난 분들마다 다 너무 늦게 시작했다고 모두 아쉬워했어. 지선스님은 특히 그렇고.

선방 전체를 비추던 조명이 어슴푸레해지고 선방 한 쪽에 조명이 작게 켜지면 그 아래 지선의 모습이 보인다. 몸이 노쇠한 듯 힘들게 앉아있다. 혜운, 지선 앞으로 가서 무릎을 꿇는다.

**혜운**   안녕하세요 스님.

**지선**   (느릿하게) 누군가?

**혜운**   원일스님 상좌입니다.

**지선**   원일?

**혜운**   네. 스님하고 같이 법운사에서 동문수학하신 적이 있던,

**지선**   (기억을 더듬는 듯) 그 원일이라고?

**혜운**   네.

**지선**   자네가 그 상좌고?

**혜운**   네. 제가 혜운입니다.

**지선**   혜운이라……? 부처의 지혜를 주물럭거리겠다 뭐 이런 건가?

**혜운**   아직 부족하지만 부처의 혜명을 본받고자 합니다.

**지선**   부처를 보면 부처를 베라 했거늘 베기는커녕 따라쟁이

가 되려고?

**혜운**　　따라쟁이가 되려는 것이 아니라 부처의 골수를 얻고자 함입니다.

**지선**　　부처의 골수라……? 그래서 얼마나 얻었는고?

**혜운**　　아직은 티끌과도 같습니다.

**지선**　　티끌이라고 생각하는 그 놈은 어떻게 생겼는고?

**혜운**　　그건 아직 먼 소식입니다.

**지선**　　멀다 가깝다 하는 그 분별을 다만 놓으라. 그럼 산하대지 가 부처의 본래 면목이요 골수임이 또렷이 드러나리라.

**혜운**　　새기겠습니다.

**지선**　　그래, 여긴 무슨 일로……?

**혜운**　　스승님이 돌아가신 지가 20년이 넘었습니다. 아무 것도 남기지 말라 하시던 스승님의 뜻을 따라 아무 것도 하지 않았는데 돌아보니 스승님의 행장에 대한 기록도 없는 것이 제자 된 도리가 아님을 깨닫고 늦게나마 스승님의 행장을 정리하여 서책으로 남기려고 합니다. 해서 한 때 스승님과 동문수학 하셨다 하는 말씀을 듣고 함께 나누 신 법담이 없으실까 해서 왔습니다.

**지선**　　생사가 뜬구름이거늘 족적을 남겨서 뭐 하려고.

**혜운**　　생사가 본래 적멸하오나 목마른 사람에겐 마실 물이 필 요합니다.

**지선**　　목이 마르다는 것은 미망이자 착각이지. 물속의 물고기 가 물을 구하는 것처럼.

**혜운**  스승님과의 법담이 중생의 미망과 착각을 부수는 몽둥이가 될 것이옵니다.

**지선**  원일은 항상 여여했지. 그 무엇도 구하지 않았고 어디에도 집착하지 않았고 아무 것도 내세우지 않았어. 그는 항상 바닥에 있었어. 바닥에서 모든 중생들을 섬겼지. 중들이 나이가 들면 뒷방을 차지하고 편한 것을 취하는데 그는 그렇지 않았어. 도반들이 주지를 하고 조실을 할 때 그는 선방을 지켰고 공양간에서 밥을 지었고 땔감을 했어. 그것이 그의 공부였지. 난 그런 두타행을 본 적이 없어. 나도 그렇게 하지 못했고. 난 그 같은 도반을 둔 것이 자랑스러웠고 존경스러웠어. 뭐 하나 나무랄 데가 없는 참수행을 그는 보여주었지. 그는 나에게 도반이자 수행의 사표였네. 하지만 중들은 시기했어. 신도들이 원일을 좋아하고 따르니까 샘이 난 게지. 겉으로 보면 원일은 아무 것도 아닌 것 같았거든. 자기를 드러내지 않으니 아무도 원일의 경지를 알지 못한 거야. 그런데 원일이 법운사에 있을 때 사월초파일 날 법문을 하기로 한 스님이 당일 탈이 나서 절에 오지 못하는 일이 생겼어. 절에선 난리가 났지. 법문을 할 스님이 없으니 사월초파일이 그야말로 사단이 난 거야. 부랴부랴 법문을 할 스님을 수소문했지만 아무도 나서는 사람이 없었어. 왜? 자신이 없기 때문이지. 대중들 앞에서 법문을 한다는 게 쉽게 되는 일이 아니거든. 수행이 좀 된 중도 법문을 좀 하려면 준비를 많이 해. 입을 열면 법문이 술술 나오면 좋지만 그 정도가 되려면 한 꺼풀 벗어야하는데 그런 중은 드물어. 대부분은 미리 법문을 준비해. 써보고 정리하고 그렇게 법문을 하는 거야. 어떤 중은 그게 안 되니까 법문을 종이에 써서 법상에서 줄줄 읽기도 하지. 허허! 그걸 법문이라고. 그건 낭독이지 법문이 아냐. 안 그런가? 부족하면 나서지를 말아야 하는데 그 짓거리를 하면서도 부끄러운 줄을 모르니. 그런데 원일은 그런 중들과 차원이 달랐어. 아무도 법문을 나서지 않으니 뜻밖에도 원일이 나섰지. 며칠씩 준비를 해도 본전치기를 할 판인데 당일에 법문을 하겠다고 나선 원일을 중들은 비웃었네. 공양간이나 지키던 원일이 무슨 법문을 하겠느냐고. 하긴 그가 법문을 한 걸 아무도 본 적이 없으니 그런 생각들을 한 것은 어쩌면 당연했어. 불목하니처럼 항상 때 묻은 옷만 걸치고 다니던 원일이 가사장삼을 차려입으니 절로 학 같은 풍모가 났네. 원일은 주장자를 들고 법상에 올라 눈을 감았어. 그런데 시간이 지나도 원일이 법문을 하지 않자 사람들이 여기저기서 수근거렸어. 법문 생각이 안 나서 저러고 있다고. 잠시 후 눈을 뜬 원일이 좌중을 둘러보고 말했지. '여기가 중도산이고 법운사이고 시은군인데 중도에 머물러 법을 참답게 운행하여 부처의 은혜를 갚는 사람이 여기 있는가? 있으면 나와보라.' 그 말 한마디에 좌중은 쥐죽은 듯 고요해졌어. 아무도 말을 하지 못했고 아무도 나서지 못했어. 그 날 원일은 법운사의 하늘이었고 땅이었네. 법문을 하고난 뒤 그 날 절에 온 많은 사람들이 모두 원일을 만나려고 아우성을 쳤어. 하지만 그날 밤 원일은 아무도 몰래 걸망을 쌌네. 사람들이 자기를 떠받들자 종적을 감춘 것이지. 그는 결코 대접받으려 하지 않았어. 명리에 물든 중들이 넘쳐나는 요즘 난 그가 그립네. 청빈하고 소탈하고 항상 가장 낮은 곳에 머물려던 그가.

지선과 혜운을 비추던 조명이 꺼지면 혜운, 일어나 명호 앞으로 돌아간다. 선방이 밝아진다.

**명호**  지선스님 경지가 보통이 아닌 듯하네.

**혜운**  숨어있는 선지식이었네. 큰스님을 보는 듯했어.

**명호**  그런 스님들이 나서야 우리나라 불교가 달라질 텐데. 수행이 깊을수록 나서질 않으니.

**혜운**  자네라면 나서겠나? 명리를 탐하는 무리들과 섞여서 얻을 것은 아무 것도 없어.

**명호**  어디든 악화가 양화를 구축하고 있어. 얼굴 번질번질한 중들이 고급 차를 타고 다니는 걸 보고 사람들이 신심이 나겠는가. 어제도 거액의 포커를 치던 중들이 뉴스를 탔어. 정말 창피해서······.

**혜운**  어제?

**명호**    그렇다네. 그 돈이 자기 돈인가? 보나 안 보나 시주물이지. 한심한 놈들 같으니. 비단 그놈들뿐만 아냐. 내가 알기론 곳곳이 썩었어. 한자리 차지하고 있는 중들일수록 더 그렇고.

**혜운**    큰스님은 시주물을 독처럼 보셨지. 신도들이 갖다 바친 재물을 개인적으로 쓰는 일은 절대로 하지 않으셨어. 본인이 필요한 건 직접 탁발을 해서 조달했고. 지금 그런 스님은 없어. 스승님 제사도, 본인이 묵을 거처 수리도 다 본인이 탁발을 해서 했어.

**명호**    스님이 살아계셨으면 우리나라 불교가 달라졌을 텐데.

**혜운**    이를 말인가. 효선스님도 큰스님 같은 인물은 보지 못했다고 했었어.

**명호**    누구도 잘 인정하지 않는 자운스님도 큰스님만큼은 인정했다지?

**혜운**    인정한 게 아니라 고개를 숙였지.

**명호**    고개를 숙였다는 건 무슨 말인가?

**혜운**    그 유명한 사건을 모르는군. 하긴 알 수 없지. 그동안 알려지지 않은 이야기니까.


혜운과 명호를 비추던 조명이 꺼지고 다른 조명 아래 원일과 자운, 나타난다.


**자운**    (좌복에 앉아 있는 원일에게 시비를 건다) 자네는 거 맨날 앉아만

14

있나? 앉아 있다고 부처가 된다고 생각하면 오산이야. 주구장창 앉아서 기왓장을 간들 거울이 될 일은 없어.

**원일** 자넨 겉을 볼뿐 안을 보진 못하는군.

**자운** 내가?

**원일** 자네는 하나에서 하나만 봐.

**자운** 무슨 말이야?

**원일** 하나는 둘이고 셋이고 무한일세. 그걸 나누는 건 그저 분별이야. 세상 어디에 고정된 행주좌와 어묵동정이 있단 말인가.

**자운** 말은 그럴 듯하게 하는군. 말로 수행을 포장할 순 있어도 수행을 대신할 순 없어. 엉덩이를 뭉갠다고 부처가 된 역사도 없고.

**원일** 난 부처가 되려고 하지 않네. 마음의 평안을 찾을 뿐.

**자운** 앉아서 찾아지는 마음의 평안이란 사상누각이란 걸 모르는가.

**원일** 한마음은 앉아서도 서서도 달라지지 않네.

**자운** 자네는 말뿐이야. 그러니 수행을 해도 몸이 그리 약한 거지.

**원일** 난 나를 알아. 하지만 자넨 자네를 보지 못하지.

**자운** 내가 나를 못 봐?

**원일** 앉아 있는 나를 탓하면서 자네는 왜 맨날 책을 보나? 책을 본다고 부처가 되는 게 아니네.

**자운** 내가 책을 보는 건 필요해서야. 밥엔 반찬도 필요한 법.

| 원일 | 그런데 상좌들에게는 보지 말라고 해? |
|---|---|
| 자운 | 그건 그들에게 필요치 않아서지. |
| 원일 | 이율배반이 아닌가. 남은 보지 말라하고 자기는 보고. |
| 자운 | 책을 보되 책에 매이지 말아야지. 그들은 아직 그렇지 못해. |
| 원일 | 자네는 책에 매이지 않는다고? |
| 자운 | 그렇지. |
| 원일 | 상좌들은 책에 매이고? |
| 자운 | 그렇네. |
| 원일 | 내가 볼 때 자네가 책에 매이지 않는다는 증거도 없고 상좌들이 책에 매인다는 증거도 없어. |
| 자운 | 그거야 자네 안목이 그것밖에 안 되는 것이지. |
| 원일 | 자네가 책에 매이지 않는다는 증거를 대보게. |
| 자운 | 난 20년간 책을 놓고 장좌불와를 했어. 더한 증거가 필요한가? |
| 원일 | 자네의 그 수행력은 내 감탄하네. 20년 장좌불와는 아무나 할 수 없는 거지. 하지만 그게 수행의 척도는 될 수 없어. 그건 그저 껍데기일 뿐. |
| 자운 | 장좌불와가 껍데기라고? 그런 말은 처음 듣는군. |
| 원일 | 아무도 자네에게 그 말을 못하기 때문이지. 자네의 그 괴벽을 당해낼 수 없어서. |
| 자운 | 내가 괴벽이 있다고? |
| 원일 | 자넨 걸핏하면 상좌들에게 소리를 지르지 않나. 몽둥이 |

질을 하고. 구실은 수행을 못 한다는 거지만 무조건 소리를 지르고 몽둥이질을 해대는 건 눈이 밝지 못한 증거지. 옛날이야 인지가 발달을 못했으니 할이나 욕이나 몽둥이질도 때로 유용했지만 지금은 그렇게 해서 가르쳐지는 세상이 아냐. 스스로 옳다는 생각을 버리게. 고함도 몽둥이질도 버리고. 법에는 내가 없어. 내가 없으니 부딪힘이 없고 부딪힘이 없으니 고함도 몽둥이도 필요 없어.

**자운**  내가 이런저런 용을 쓰는 것은 다 학인들의 공부를 위한 것이야.

**원일**  학인들의 공부를 위한 것이 아니라 본인의 만족을 위한 것이지. 난 자네가 받는 3천 배에서도 아만을 보네. 얼굴 한번 보러온 사람에게도 삼천 배, 법을 물어보러 온 사람에게도 삼천 배, 그런데 청와대에서 나온 사람은 그냥 만나더군.

**자운**  그럴만한 이유가 있었어.

**원일**  법은 누구에게나 평등하네. 하지만 자운 자네의 법은 평등하지 않아.

**자운**  자네에게 일일이 설명하고 싶지 않아.

**원일**  변명하지 말고 자기를 돌아봐. 거기에 답이 있으니. 나는 나를 시비할 뿐 다른 사람을 시비하지 않아. 법은 남과 다투는데 있는 것이 아닌즉.

**자운**  자네의 잘못된 것을 이를 뿐 나는 다투지 않아. 장좌불와도 나를 채근하는 것이지 남을 채근하는 것이 아닌

즉. 그런데도 장좌불와가 껍데기라는 엉뚱한 소리를 하는 건 자네가 장좌불와를 못해봤기 때문이야. 장좌불와를 해본 사람이 그런 말을 하면 그래도 들어줄만 할 텐데 자넨 해본 적이 없어. 한 달만 장좌불와를 하면 이빨이 몽땅 빠질 위인이 장좌불와가 껍데기라니 소가 웃을 노릇이야

원일    수레가 가지 않으면 소를 쳐야하나 수레를 쳐야하나? 소를 쳐야지 안 그런가. 그런데 자넨 수레를 쳤을 뿐이야. 고금 이래로 수레를 쳐서 부처를 득한 예는 없어. 그러니 장좌불와를 했다고 수행을 했다는 어리석은 분별은 버리게. 앉든 서든 눕든 본성은 분별하지 않아. 다만 자네의 그 마음이 분별할 뿐.

자운    수레가 가지 않으면 수레 대신 소를 쳐야한다는 것도 소견에 불과해. 마음의 습을 조복받기 위해서는 몸의 습을 다스려야 해. 수레가 가지 않을 때 때론 수레를 쳐야 할 일도 있는 법. 무조건 소를 쳐야한다는 견해는 막힌 생각이야.

원일    몸으로 마음을 다스린단 말인가?

자운    몸 역시 마음인즉.

원일    자네 몸에 탈이 나 병원신세를 진 것은 무슨 연고인가?

자운    사대는 결국 허물어지는 것. 괘념치 않아.

원일    그건 자기 합리화일 뿐. 자네가 병원신세를 진 것은 마음을 다스려야하는 일을 몸에 전가시킨 결과야.

**자운**　몸이 성치 않은 자네가 내 아픈 것을 걸고넘어지는 건 언어도단이야.

**원일**　난 이미 속가에 있을 때 병을 얻었어. 그걸 가지고 시비를 거는 건 쓸데없어.

**자운**　난 몸을 혹사한 적 없어. 그건 공부일 뿐이었어. 몸으로 마음을 실험하고 마음으로 몸을 실험하고. 시간이 가면 옷이 낡아지는 것처럼 몸도 그런 것이야. 죽지 않고 늙지 않고 병들지 않는 몸이란 없어.

**원일**　병들지 않을 몸을 병들게 한 수행이라면 그건 잘못된 거지.

**자운**　자네 말은 결국 내 수행이 잘못되었다는 거지. 하지만 자네는 내가 해낸 걸 해내지 못해.

**원일**　그런 무식한 수행을 할 생각 없어. 난 눕고 싶을 때 눕고 먹고 싶을 때 먹겠네.

**자운**　대단하군. 그래서 그 대단한 자네 가는 길의 풍광은 어떠한가?

**원일**　(크게 하품을 한다)

**자운**　달마에게 수염이 있는 것은 무슨 까닭인가?

**원일**　달마도 없는데 수염을 보는 놈이 누군가.

**자운**　개에게 불성이 있는가?

**원일**　개에게 불성이 없는가?

**자운**　호리병 속에 새가 있다. 어떻게 꺼내겠는가?

**원일**　새는 이미 밖에 나와 있네.

| 자운 | 문 없는 문을 여는 도리를 일러봐. |
|---|---|
| 원일 | 다만 그 문고리를 잡으려 하지 말라. |
| 자운 | ……. |
| 원일 | 이번엔 내가 한마디 함세. |
| 자운 | (가만히 있다) |
| 원일 | 우린 때마다 부처님께 마지를 올리네. 그런데 부처님은 마지를 어떻게 잡수시는가? |
| 자운 | (묵묵히 있다가 아무 말 없이 방을 나간다) |

자운, 선방을 나가면 원일과 자운을 비추던 조명 꺼지고 다시 혜운과 명호를 비추는 조명이 밝아진다.

| 명호 | (놀라며) 그랬단 말인가? 아무 말 없이 방을 나가? |
|---|---|
| 혜운 | 사실이야. |
| 명호 | 근데 그건 진 것이 아니잖는가? |
| 혜운 | 즉문즉답에 말을 못했으니 진 것이지. |
| 명호 | 문을 열고 나간 것이 답일 수도 있잖아. |
| 혜운 | 선문답은 전광석화여야 해. 그런데 잠깐 동안 묵묵부답이었다는 건 대답을 못한 것이지. 더구나 결정적인 것은, 며칠 뒤 자운스님이 원일스님이 있는 선방으로 와 좌복을 집어던지며 소리를 질렀다는 거야. |
| 명호 | 좌복을 던져? |
| 혜운 | 그렇다니까. |

| 명호 | 그런데 무슨 소리를 질렀다는 건가? |
|------|-----------------------------------|
| 혜운 | 몰라서 답을 안 한 것이 아니었다고. |
| 명호 | 그건 어디서 들은 얘긴가? |
| 혜운 | 자운스님 제자 백운스님에게 들었어. |
| 명호 | 야! 그것참. 듣고 보니 용과 호랑이의 일전이었네 그려. |
| 혜운 | 용호상박의 일전은 아니었어. 자운스님의 일방적인 패배로 끝났으니. |
| 명호 | 하긴 그렇군. 자존심이 세기로 유명한 자운스님 맘 꽤나 상했겠는데. |
| 혜운 | 그건 자네가 모르는 소리야. |
| 명호 | 왜? |
| 혜운 | 그 일 이후 자운스님이 발심을 하고 수행이 일취월장했다고 해. |
| 명호 | 그래? |
| 혜운 | 장좌불와를 하고난 뒤 자운스님은 수행이 다 된 줄 아셨다더군. 그런데 그게 원일스님을 만나서 깨어졌던 모양이야. 하지만 우리 큰스님 덕분에 수행이 더 깊어졌고 나중엔 큰스님을 칭찬하기까지 하셨다고 하더군. |
| 명호 | 칭찬이라니? |
| 혜운 | 우리 큰스님을 보기 드문 알짜배기 수좌라고 했대. |
| 명호 | 그런 칭찬을! 야! 자넨 정말 별 걸 다 아네. |
| 혜운 | 다 여기 있는 내용들이야. 흥미진진한 이야기들이 많아. 내가 죽기 전에 이걸 다 정리해서 큰스님 행장을 남겨놔 |

야지.

**명호**　아직 살 날이 창창한 사람이 그게 무슨 소리야. 왜 얼마 전에 병원 다녀왔다더니 어디 몸이 안 좋은 데라도 있는가?

**혜운**　병원은 아니고 치과에 갔었지.

**명호**　치과?

**혜운**　사랑니가 옆으로 뻗쳐서.

**명호**　그거 장난 아니게 아픈데. 이빨이 아프면 골이 아프고 골이 아프면 온 몸이 아프지.

**혜운**　그래서 자괴감이 들었네.

**명호**　이빨 아픈 것 가지고 무슨 자괴감까지? 쓸데없는 생가이야.

**혜운**　큰스님은 배를 가르는 수술도 마취 없이 그냥 받았는데.

선방의 조명이 흐려지면 무대 한쪽에 수술실이 밝아진다. 수술대 위에 누워있는 원일의 모습이 보인다. 수술대 옆에는 수술복 차림의 의사1, 간호사1, 서 있다.

**의사1**　(단호하게) 그건 절대 안 됩니다.

**원일**　그럼 수술 안 하겠소.

**의사1**　수술은 하셔야 합니다. 지금 폐가 곪았어요. 그냥 두면 패혈증으로 발전합니다. 그럼 아야 소리도 못하고 갑니다.

**원일**　아야 소리 안 할 테니 마취 없이 하세요.

**간호사1**　(간청하듯) 스님! 그건 말도 안 돼요. 마취 없이 어떻게 생살을 찢어요? 그건 죽는 것보다 더한 고통이에요.

**원일**   허허! 내 몸은 내가 알아서 할 테니 그런 걱정마시오.

**의사1**   내 나이가 오십입니다. 그동안 수술을 한 환자만도 수백 명이 넘어요. 그런데 마취를 하지 않고 하는 수술은 한 번도 해본 적이 없어요. 누구도 그 고통을 견딜 수가 없습니다. 간호사 말처럼 그건 죽는 것보다 더한 고통입니다. 마취를 해야 합니다. 그걸 한다고 몸에 해가 될 것이 아무 것도 없습니다. 고집을 부릴 일이 아니에요.

**원일**   몸에서 의식을 빼면 몸은 시체와도 같습니다. 찢고 자른다고 해도 아픔을 느낄 수가 없습니다. 그러니 염려 마세요.

**의사1**   허참! 무슨 말인지 이해를 할 수가 없군요. 몸이 살아 있는 한 의식은 몸을 떠나지 않아요. 어떻게 몸과 의식이 떨어질 수 있단 말입니까?

**원일**   몸은 기계요. 의식이 들어가야 몸이 움직이는 것이오.

**의사1**   몸엔 신경이 있습니다. 그걸 건드리면 누구나 통증이 따릅니다.

**원일**   내가 의식을 다른 곳에 잠시 옮겨놓을 겁니다. 여러분들이 말하는 그런 고통은 내게 없습니다.

**간호사1**   그럼 수술하시면서 저희와 눈을 마주치고 그러신다구요? 끔찍해요.

**원일**   뭐가요?

**간호사1**   숨을 쉬는 생선을 빤히 보고 회를 뜨는 것과 뭐가 달라요?

**의사1**  전 그렇게 못합니다. 솔직히 감당할 자신이 없습니다. 심장이 떨려서요. 얼마나 아픈지 뻔히 아는데 도중에 아프다고 해도 수술이 진행되는 동안엔 물릴 수가 없습니다. 고통에 몸부림치는 환자를 보면서 제가 어떻게 수술을 하겠습니까? 더구나 폐를 수술하려면 갈비뼈를 잘라내야 해요. 살은 그렇다치고 뼈를 자르는 고통은······ 그 고통은 머리로 상상할 수 있는 고통의 지수를 벗어납니다. 그건 극한의 고통이에요. 그걸 견딜 수 있는 사람은 세상에 없어요. 그걸 보면서 수술을 할 수 있는 의사도 세상에 없고요. 만에 하나 그런 일이 발생하면 그건 준살인이 됩니다. 살아 있는 사람의 살과 뼈를 자르는······!

**원일**  허허! 내가 다 책임을 질 테니 염려마세요.

**간호사1**  선생님 어떡해요? 책임을 진다는데요.

**의사1**  책임은 무슨 책임! 중간에 아프다고 하면 어떡하냐고? 묶어놓고 수술해? 입을 막고 수술해? 그러다 고통으로 기절이라도 하면, 그러다 쇼크로 죽으면? 그땐 수술이고 뭐고 다 끝이야. 형사입건 되고 감방에 갈 수도 있어.

**간호사1**  (겁먹은 표정으로) 감방에요?

**원일**  자 그럼 이렇게 합시다.

**의사1**  어떻게요?

**원일**  내가 각서를 쓰겠소. 죽어도 괜찮다고. 수술 도중 그 어떤 일이 생겨도 책임을 묻지 않겠다고.

| | |
|---|---|
| **의사1** | 정말 마취 없이 수술 받는 게 소원입니까? |
| **원일** | 난 그저 마취가 싫을 뿐이오. 하지 않아도 되는 마취를 왜 한단 말이오? |
| **의사1** | (난감한 듯) 거참! |
| **원일** | 걱정 마시오. 별일은 생기지 않을 것인즉. |
| **의사1** | 그럼 서약을 하세요. 무슨 일이 생겨도 책임을 묻지 않겠다는. |
| **원일** | 좋습니다. |
| **의사1** | (간호사1에게) 종이 하나 줘봐. |
| **간호사1** | 네. (종이 한 장을 찾아 의사1에게 건넨다) |
| **의사1** | 여기 종이에 스님이 말씀하신 것을 쓰세요. 그리고 사인도 하시고. |
| **원일** | 좋습니다. |

의사1, 펜과 종이를 주자 원일, 수술대 위에서 서약서를 쓰고 사인을 한 다음 간호사1에게 건넨다.

| | |
|---|---|
| **의사1** | 본인이 원하신 것이니까 후회마세요. |
| **원일** | 걱정 마시오. |
| **의사1** | 만일의 경우를 대비해서 몸을 묶을 것입니다. 이해하세요. |
| **원일** | 좋습니다. |
| **의사1** | (간호사1에게) 수술준비 해. |
| **간호사1** | 네. |

간호사1, 원일의 몸을 수술대에 묶는다.

**원일**    잠깐만.

**의사1**    마음이 바뀌었습니까?

**원일**    이제부터 내가 화두를 들 것이오. 정확히 5분 뒤 수술을 시작하시오.

**의사1**    알겠습니다.

원일, 눈을 감고 화두삼매에 들기 시작한다. 의사1, 시간을 본다. 이윽고 시간이 되었는지

의사1, 메스를 들고 수술을 시작한다. 간호사1, 의사1의 말에 따라 연신 메스를 건넨다.

수술이 진행되지만 원일은 미동도 하지 않는다. 의사와 간호사, 놀라는 얼굴을 한다. 수술실, 천천히 어두워지면 선방, 다시 밝아진다.

**명호**    그 일화는 유명하지.

**혜운**    난 치과에 이빨을 빼러가면서 원일스님을 생각했네. 그리고 나도 마취 없이 이빨을 뺐어.

**명호**    (놀라며) 마취 없이? 미쳤구만.

**혜운**    맞아. 잠시 후 난 내가 미친 짓을 했다는 걸 알았지.

**명호**    왜?

**혜운**    엄청 아팠거든.

| 명호 | 당연하지. 이빨은 갈비뼈보다 머리와 더 가깝지 않나. |
|------|----------|
| 혜운 | 갈비뼈 자르는 고통에 비하면 새 발의 피지. |
| 명호 | 얼마나 아팠는데? |

혜운과 명호를 비추는 조명 흐려지면 혜운, 어둠 속을 이동해 치과 의자에 눕는다. 그리고 비명을 지르기 시작하면 이빨을 빼는 장면이 조명 아래 드러난다. 혜운 옆으로 의사2, 간호사2, 보인다.

| 혜운 | 아~! (의자 위에 누워 몸을 비튼다) |
|------|----------|
| 의사2 | 가만히 계세요. |

드릴 소리가 커지면 혜운의 비명도 커진다.

| 혜운 | 아~! |
|------|----------|
| 의사2 | (달래듯) 좀 가만있어요. 거진 다 됐어요. |

다시 커지는 드릴소리. 다시 커지는 혜운의 비명과 몸부림.

| 혜운 | 음~! |
|------|----------|
| 간호사2 | 좀만 참으세요. 다 됐어요. |
| 의사2 | (건성으로) 근데 이놈이 왜 이렇게 안 빠지지. |
| 간호사2 | 안 빠져요? |
| 의사2 | (시니컬하게) 사랑니가 아주 더럽게 박혔어. |

**간호사2**  어떡해요?

**의사2**  그냥은 안 되겠어. (원일에게) 안 되겠어요. 마취하고 할게요. 뿌리가 생각 외로 깊어요. 그냥 하기에는 너무 힘드실 것 같아요.

**혜운**  (힘든 듯) 얼마나 깊습니까?

**의사2**  조금만 하면 되긴 되는데 못견디실까봐.

**혜운**  (한숨) 그냥 하세요.

**간호사2**  마취를 하세요. 너무 아파하시는데. 그래도 너무 대단하세요. 어떻게 그 아픈 것을 견디세요. 상상이 안 돼요.

**혜운**  상상하실 필요 없습니다. 제가 화두를 들 테니 5분 뒤에 하세요.

**의사2**  참으실 수 있겠어요? 괜찮다지만 고통이 크실 텐데.

**혜운**  괜찮습니다. 그런다고 죽겠습니까?

**의사2**  (혜운의 말에 놀란 듯) 아! 그래요? 좋습니다. 그럼 마취 없이 가죠.

**혜운**  (머리를 끄덕인다)


의사2, 혜운이 고개를 끄덕이자 그걸 치료를 시작하라는 신호로 착각하고 즉시 드릴을 가하기 시작한다. 혜운, 몸을 비튼다.


**혜운**  아~! (고통을 못 이겨 의자를 잡은 손에 힘을 주는데 의자 손잡이가 뜯겨나간다.)

**간호사2**  어머!

**의사2**　　아니!

조명이 꺼지면 혜운, 치과의자에서 일어나 선방으로 간다. 선방의
조명이 밝아진다.


**명호**　　화두를 좀 잘 들어보지 그랬어.

**혜운**　　화두를 들 새가 없었다니까.

**명호**　　무슨 말이야?

**혜운**　　의사가 다짜고짜 드릴을 갖다 대서 일을 그렇게 만든
　　　　　거야.

**명호**　　무슨 말인지 모르겠군.

**혜운**　　(약간 짜증스레) 자넨 돌머린가. 내가 분명히 화두를 들고 5
　　　　　분 뒤에 수술을 하라고 했지?

**명호**　　응.

**혜운**　　의사도 좋다고 마취 없이 가겠다고 했고.

**명호**　　그랬지.

**혜운**　　그래서 난 의사의 말에 동조하는 뜻으로 머리를 끄덕였
　　　　　는데 아 글쎄 그 빌어먹을 의사가 그걸 수술하라는 신호
　　　　　로 착각을 하고 바로 드릴질을 했단 말이네.

**명호**　　아! 일이 그렇게 됐군.

**혜운**　　…….

**명호**　　근데 의자 값은?

**혜운**　　의사도 잘못을 인정하더구만. 보시한 셈 친다고 해서 그

건 없던 일로 했어.

**명호**　이빨은 뽑았고?

**혜운**　뽑긴 뽑았어.

**명호**　이빨 한번 거창하게 뽑았군.

**혜운**　내 생전 그렇게 몸을 비비꼬기는 처음이었어. 화덕 위에 오징어보다 더했으면 더했지 덜하지 않았네.

**명호**　말만 들어도 짐작이 가네. 얼마나 아팠을지.

**혜운**　그냥 비명이 자동으로 나오더만. 창피했어.

**명호**　(나무라듯) 자네도 참! 흉내낼 게 따로 있지 큰스님 흉내를 내? 정말 바보 같군.

**혜운**　그냥 한번 알고 싶었네. 큰스님의 경지가 어떤 것인지. 근데 뼈저리게 느꼈어. 난 큰스님의 발끝도 못 따라간다는 것을.

**명호**　너무 기죽지 말게. 그와 관련해서 자네가 모르는 것이 하나 있어.

**혜운**　내가?

**명호**　그래.

**혜운**　내가 뭘 모른단 말이지?

**명호**　아무에게도 하지 않았던 얘긴데. 폐 수술을 끝낸 뒤 언젠가 큰스님을 뵌 적이 있었어. 그때 그 일이 궁금해서 물었네. 어떻게 그걸 견디셨냐고.

**혜운**　그랬더니?

**명호**　몹시 아프셨다 하더군. 그걸 어찌 말로 할 수 있겠냐고.

**혜운** (놀란 듯) 그게 무슨 말이야? 아픈 걸 그냥 견뎠단 말인가? 삼매상태에서 수술을 받으신 게 아니고. 그건 처음 듣는 말일세.

**명호** 마지막 갈빗대를 자를 때 잠깐 화두를 놓쳤다고 하더군. 화두를 놓쳤으니 의식이 돌아왔을 거고 아마 그때 아팠지 않았나 싶네. 자세히는 말씀을 안 하셔서 더 이상은 나도 몰라.

**혜운** 그 아픔을 고스란히 견뎠다고?

**명호** 화두를 잠깐 놓친 사이만 그랬겠지. 하지만 난 큰스님의 그 말씀에서 너무도 소탈한 수행자의 모습을 보았네. 화두를 놓쳤고 그래서 아팠다. 거기서 난 과장도 꾸밈도 없는 부처의 인욕을 보았어. 삼매에 들어 아픔을 못 느끼신 그 경지보다 화두를 놓친 사이 아픔을 고스란히 겪어내신 그것이 더 큰 감동이었어. 누가 그걸 견디겠나. 생살을 찢고 뼈를 잘라내는 아픔을.

**혜운** 마지막에 음 하는 소리를 내셨다는 게 바로 그 얘기군.

**명호** 자넨 치과의자를 박살을 냈고.

**혜운** 그게 큰스님과 나의 차이겠지.

**명호** 근본 마음에는 차이가 없으나 스스로 차이를 만드는 어리석음을 범하지 말게. 오로지 망령된 한 생각이 부처와 중생의 차이를 만드는 법이야.

**혜운** 난 단지 인정하는 것뿐이야.

**명호** 부끄러울 수도 있는 그 얘기를 스님은 숨기지 않으셨어.

자네가 그 치과치료를 숨기지 않았듯이. 그러니 피장파
장 세임세임일세.

**혜운**　나를 위로할 필요는 없어. 스승님과 나는 격이 다르니.

**명호**　참! 내가 이러고 있으면 안 되는데. (벌떡 일어난다)

**혜운**　어딜 가려구?

**명호**　김장을 치댈 시간이야. 보살님들도 다 왔을 거야. 늦으면
혼나.

**혜운**　혼이 나다니? 누구한테.

**명호**　누군 누구야 보살님들이지. 특히 그 걸걸한 장보살 있잖
은가. 그 보살님한테 걸리면 공양주고 뭐고 박살나네. 공
양간에선 장보살이 왕이야. (장보살 흉내를 낸다. 걸걸한 목소
리로) 지금이 몇 신데 이제 오심니꺼? 절김장은 뭐 먹는
놈 따로 있고 맹그는 놈 따로 있는교.

**혜운**　스님을 혼내는 보살이 어디 있나. 그건 위계가 아니네.
자네가 바로 잡아.

**명호**　청소에는 청소부가 왕이고 고기잡이에는 어부가 왕이고
공양간에선 보살님들이 왕이지. 거기 잘못된 것은 없어.

**혜운**　그래도 스님을 좀 어려워할 줄 알아야지.

**명호**　장보살에게 그런 건 안 통해. 무식해서 그런지 아니면
도통해서 그런지 어떨 때 철없는 아이 같고 어떨 땐 도
인 같고. 아무튼 그 사람에겐 모든 게 평등해. 고개를 숙
이는 것도 없고 고개를 드는 것도 없고 자기 할 일 똑 부
러지게 하는데 뭐라고 흠잡을 데가 없어. 자네도 늦지

않게 공양간에 한번 오게. 새 김치에 밥도 먹고. 나 먼저
가네.

명호, 서둘러 선방을 나간다. 혜운, 다시 자료를 정리한다.

**혜운**    (잠시 생각에 잠긴 듯) 그나저나 장보살을 손 좀 봐야겠어.
스님을 만만히 보다니.

선방 천천히 암전되면 공양간이 조명 아래 드러난다. 명호, 공양간
마당에서 고무장갑을 끼고 큰 고무대야에 담긴 김칫소를 버무리고
있다. 장보살과 보살1, 2, 그런 명호를 지켜 보고 있다. 명호, 김치
속의 양이 많아서 버무리기가 힘에 겨운 모양새다.

**명호**    (허리를 이러저리 돌리다 끙끙대며) 야! 이거 생각보다 힘드네요.
**장보살**  밑에까지 손을 넣어서 좀 꽉꽉 뒤집으슈. 장가도 안 가
신 스님이 힘 뒀다 뭣에 쓸라캅니까.
**보살1**   (박장대소하며) 아따! 형님도 참. 스님이 어떻게 장가를 간
다고 그라시오.
**보살2**   (호호거리며) 스님 몸이 생각보다 약한 것 같아요.
**보살1**   덩치가 있어 힘을 쓸 줄 알았더니 우리 스님 영 허당이오.
**장보살**  너무 정진을 하다 보니 힘을 못 쓰는 기라.
**보살1**   너무 정진을 해서 그렇다니 그게 무슨 말이오 형님?
**장보살**  옛말에 배는 인격이라 안하나. 정진이라카는 것도 알고

보면 인격을 닦는 것인데 얼마나 인격을 닦으셨으면 저리 배가 불렀겠노 이 말이다,

**보살2**      그러고 보니 스님 배가 정말 탐스럽네요. 호호!

**보살1**      남산은 좀 그렇고 한 5개월은 실하게 되겠구만.

**명호**      어허! 우리 보살님들은 일은 안하고 스님 배만 보고 있습니까?

**장보살**      우리 같은 사람들이야 평생 선방생활도 안하고 공양간을 법당 삼아 사는 무지랭이들이라 보이는 대로 보고 들리는 대로 들을 뿐이지예. 근데 스님 배는 보고 싶지 않아도 보이니 우얍니까. 그만한 인격 쉽지 않심더.

**명호**      허참! 칭찬인지 욕인지 모르겠네요.

**장보살**      우린 있는 대로만 말할 뿐 입에 발린 칭찬도 없는 욕도할 줄 모릅니데. 느그들 안 그렇나?

**보살2**      그렇죠.

**보살1**      평생 밥하고 국 하는 것만 아는 우덜은 없는 말은 못 하지라.

**명호**      (허리를 펴고 뒤로 물러서며) 내 배는 잊으시고 자! 양념 맛 좀 한번 보세요. 이제 웬만큼 섞어진 것 같은데.

**장보살**      (다가가 양념 속을 이러저리 뒤집어 보고) 시상에! 여기 생채가 뭉쳐서 그냥 있네. 이걸 양념 섞은 거라고 하고 있으니. 참말로!

**명호**      (당황한 듯) 어디요?

**장보살**      (무채 뭉치를 들어 보인다) 이거 안 보입니까?

**명호**　　　어! 아깐 없었는데. (겸연쩍은 표정)

**보살2**　　십년공부 도로아미타불이네요. 호호호!

**보살1**　　도로아미타불은 아니고 빤쓰가 히프에 반쯤 걸친 꼴이
　　　　　구만.

**보살2**　　빤쓰! (배를 잡는다)

**명호**　　　거 보살님은 툭하면 빤쓰 타령입니다.


장보살, 못 들은 체 직접 고무장갑을 끼고 김칫소를 뒤집는다.


**명호**　　　장보살님 그만 두세요. 제가 마저 할게요.

**장보살**　　놔두소. 스님은 그만하면 됐심더. 보아 하니 힘도 들어보
　　　　　이고. 마무리는 내가 하는 게 낫것소. 난 뭐 독경도 참선
　　　　　도 잘 몬하지만 공양간 일만큼은 내가 왓다 아입니꺼. (이
　　　　　러저리 살펴며 김칫소를 뒤집는 동작이 명호와는 달리 세심하면서
　　　　　도 힘이 넘친다.)


**보살1**　　야! 형님 동작을 보니 참말로 그럴 듯 하요.

**보살2**　　정말 그래요! 포스가 느껴져요.

**장보살**　　평생 일만 하다 늙은 몸이다. 포스는 무신 얼어 죽을 포
　　　　　스고!

**보살1**　　아녀. 척 봐도 형님은 포스가 넘치우. 엉덩이는 남산만하
　　　　　고, 허리는 거시기 뭣이냐 공양간 앞 절구통만하고 팔뚝
　　　　　은 항우가 울고 갈 정도여.

**장보살**  그건 완전히 육자배기 욕이구만.

**보살1**  그게 왜 욕이우?

**장보살**  그럼 여자 팔뚝이 항우만 한 게 자랑이가? 버들 같은 허리, 삼단 같은 머리, 백옥 같은 손, 사슴 같은 팔다리, 나도 그런 게 좋은 거 아는 여자다 이 말이다. 하지만 먹고 사는 세월이 나를 이렇게 만들었다 아이가. 얼마나 먹고 살자고 종종거렸으면 허리가 절구통이 되고 히프가 남산만 해졌겠노.

**보살1**  그래도 형님 얼굴은 정말 보살이우. 보기만 해도 그냥 자비가 느껴져. 그건 인생을 잘 살아왔다는 증거지. 형님 나이가 지금 70인데 그거면 됐지. 뭘 바래? 안 그렇수.

**명호**  저한테는 장보살님 같은 포스가 안 느껴집니까?

**보살1**  스님은 힘을 쓰는 게 아니라 꼬물락거리는 것 같았지라.

**보살2**  그래요. 하지만 스님 일하는 거 보는 건 재미있었어요.

**보살1**  무슨 재미?

**보살2**  김칫소 뒤집는 것도 웃겼고 안 섞인 무채가 통으로 나오는 것도 너무 웃겼어요. 호호!

**명호**  하느라고 했는데 그게 어디 숨어있어 가지고. 이거 참! 스님 체면이 말이 아닙니다.

**보살2**  그래도 우린 공양주스님 좋아해요. 그렇죠 형님!

**보살1**  그럼! 때마다 우리 챙겨주는 건 공양주스님 밖에 없구만. 주지스님은 뭔 일이 그리 바쁜지 얼굴 한번 보기 힘들고. 우린 공양주스님이 최고여. 스님 없는 우리는 끈

떨어진 빤스랑께.

**보살2**　또 빤쓰! (배를 잡고 웃는다)

**장보살**　쓰잘데기 없는 입 그만 놀리고 맛들 좀 봐.


장보살, 김칫소를 집어서 명호와 보살1,2 입에 넣어준다.


**보살1**　야! 끝내줘버리네.

**보살2**　짜지도 않고 맵지도 않고 정말 맛나요.

**명호**　진짜 맛이 잘 들었는데요. 이젠 김장을 하죠.

**장보살**　안 그래도 그럴 참이오. 자! 자! 자기 옆에 양념들 퍼놓고 자리들 잡아봐라.


보살1, 2, 장보살, 명호, 자리 잡고 앉아 양념을 배추에 치대기 시작한다. 혜운, 등장.


**혜운**　뭐가 그렇게 재미있길래 법당까지 웃음소리가 들립니다.

**보살2**　어머! 주지스님 오셨네.

**보살1**　아이구! 호랑이도 제 말 하면 온다더니 우리 주지스님이 딱 그 짝이네.

**혜운**　제가 호랑이라구요?

**보살1**　우리가 시방 주지스님 이야기를 하고 있었구만이라.

**혜운**　제가 눈치 없이 굴었네요. 근데 뭐가 그리 재미있습니까?

**장보살**　재미는 무슨 재미것소? 힘드니까 웃으며 살자 뭐 그거지예.

**보살1**   장보살님 주지스님도 김치 한 입 넣어드리시오.

**장보살**   그래야지. 우리끼리 먹으면 무신 맛이가. 주지스님도 먹
          어야지. 자! 아 하시오.


혜운, 마지못해 입을 벌리자 장보살, 김칫소를 혜운 입에 넣어준다.


**혜운**   (씹으며) 오호! 거 맛이 좋습니다.

**장보살**   근데 주지스님이 공양간까지 뭐 하러 오셨지예?

**보살1**   형님도 참! 뭐 하러 오셨겠어. 김장 하러 왔지, 그렇지라
          스님?

**혜운**    물론입니다. 다들 이렇게 고생하시는데 저도 도와야죠.
          그래야 오늘 점심 한 상 얻어먹을 것 같아서요.

**보살2**   주지스님에겐 한 상이 아니라 두 상도 차려드려야죠. (보
          살1에게) 안 그래요 형님?

**보살1**   당근이죠.

**장보살**   (천천히 김칫소를 넣으며) 먹고 사는 인생인데 밥을 안 먹을
          순 없지예. 근데 밥을 먹을라카믄 상이 있어야 하는데
          마음에는 과거상도 현재상도 미래상도 없으니 주지스님
          은 무슨 상에 점심을 드실라카는지 모르겠네예.

**혜운**    (생각지도 못한 말에 당황한 표정)

**보살1**   장보살 형님은 가끔 알아듣지 못할 소릴 한다니게. (보살1
          을 쿡쿡 찌르며) 넌 지금 저 소리가 무슨 말인지 알것냐?

**보살2**   말은 분명히 우리말인데 뜻은 아리송해요.

혜운, 장보살의 말에 잠자코 있더니 슬그머니 공양간 마당을 빠져나간다. 보살1, 2, 사라지는 혜운을 보고 영문을 몰라 하고 장보살, 말없이 김칫소를 넣는다. 명호, 혜운의 뒷모습을 멍하니 보는 사이 공양간이 어두워지고 선방이 밝아오면, 정좌해 있는 혜운이 보인다, 명호, 슬그머니 등장.

**명호**   (짐짓) 며칠 째 코배기도 안보이고 왜 이리 두문불출인가?

**혜운**   (묵묵부답)

**명호**   장보살 때문인가?

**혜운**   (묵묵부답)

**명호**   (혜운의 얼굴을 슬쩍 본다)

**혜운**   (명호를 본체만체한다)

**명호**   하긴 나도 그 대목에서 말이 안 나왔어. 밥을 먹을카믄 상이 있어야하는데 마음에는 과거상도 현재상도 미래상도 없으니 주지스님은 무슨 상에 점심을 드실라카는지 모르겠네예 하는 말을 듣는 순간 난 얼음이 되었어.

**혜운**   (손으로 바닥을 친다) 나가!

**명호**   (깜짝 놀라며) 놀래라! 간 떨어질 뻔했네.

**혜운**   그따위 쓸데없는 소릴 하려고 왔어.

**명호**   내가 뭘 어쨌다고 그러나?

**혜운**   지금 나를 비웃는 거야?

| 명호 | 오해하지 말게. 난 아무도 비웃지 않아. 그저 있는 사실을 말했을 뿐. |
|---|---|
| 혜운 | ……. |
| 명호 | 어쨌든 장보살은 홍두깨 같은 사람이야. 불서 한번 잡는 걸 본 일이 없는데 무슨 공부를 어떻게 했길래 그런 말을! 서당 개 삼년이면 풍월을 읊는다더니 절밥 하는 일도 오래면 도를 깨치는 것인지! 하긴 불목하니에 불과하던 혜능이 신수를 제치고 5조의 법을 이을 줄은 아무도 몰랐으니 깨달음에는 선후도 승속도 없음이야. |
| 혜운 | 자네는 답을 찾았나? |
| 명호 | 무슨 답? |
| 혜운 | 장보살의 말에 답을 찾았느냐고. |
| 명호 | 아니. |
| 혜운 | ……. |
| 명호 | 상에다 밥을 차리는 것인데 그 상이 없다. 그런데 무슨 상에 밥을 차리느냐? 아무것도 아닌 것 같은 그 말에 왜 답이 나오지 않는 것인지. |
| 혜운 | 공부가 모자라 그러는 것이지. |
| 명호 | 그래. 나도 그렇게 생각해. 공부가 모자라. 그러지 않고서야 그런 말짱한 질문에 입이 떨어지지 않을 리가 없지. 그래서 나도 요즘 장보살을 피해 다닌다네. 또 무슨 말을 건넬지 겁이 나. |
| 혜운 | (화를 내며) 중이 보살을 무서워하다니 그걸 말이라고 해! |

**명호** 나도 그러고 싶어서 그러나. 답답하니 해본 소리야. 뭔가 분위기 전환을 해야 하는데 마땅한 방도가 없으니. 보살들이 입방아를 찧진 않겠지만 발 없는 말이 천리를 간다고. 소문이 퍼지기라도 하면 무슨 낯으로 대중을 돌아다니냔 말일세.

**혜운** 그새 소문이 퍼졌어?

**명호** 아직은 잠잠해.

**혜운** ······.

**명호** (생각난 듯) 참 그런데 부도 얘기는 뭔가? 내가 여기 온 건 그 때문이야.

**혜운** 부도?

**명호** 절에 그 얘기가 돌아. 큰스님 부도를 세운다고.

**혜운** 그 얘긴 어디서 들었나?

**명호** 그런 말이 돈다니까. 그래서 확인하러 온 거야. 그게 사실인지.

**혜운** 사실이야.

**명호** (놀란 듯) 갑자기 그게 무슨 말인가? 한 번도 그런 얘길 한 적이 없잖은가.

**혜운** 얼마 전에 우연히 조각하는 사람이 절에 왔었네. 인간문화재인 분이었어. 대화를 나누다가 우연히 큰스님 이야기가 나왔어. 근데 그분도 큰스님을 알더라고. 존경하고 있고. 그분이 큰스님 부도를 만들어주겠다고 제안을 했네. 재료비만 받겠다고. 인간문화재를 만나는 것도 드문

기회지만 그런 제안을 하는 것도 뜻밖이었고. 기회다 싶어 그러라고 했네. 자네들에게 말을 하려고 했는데 차일피일 하다가 그만 깜박했어.

**명호**  그러라고 하다니?

**혜운**  부도 주문을 넣었다구.

**명호**  부도 주문을?

**혜운**  그분이 일정상 미리 주문을 하지 않으면 어렵다고 하길래 할 수 없이 그렇게 했어.

**명호**  무슨 말인지는 알겠는데 왜 갑자기 부도인가?

**혜운**  생각은 했네. 큰스님 일로 어른들을 만날 때마다 늘 그런 말을 들었어. 책만 만들지 말고 부도도 세우라고. 그래야 한다고. 나도 같은 생각이야. 우리 불교는 지금 길을 잃고 있어. 너나 할 거 없이 타락해있고. 도박을 하는 스님, 술집 드나드는 스님, 고급차를 타고 위세를 부리는 스님, 돈과 권력의 맛에 빠진 종단…… 부처와 조사들이 무덤에서 통곡을 할 판이야.

**명호**  어느 때나 그런 일은 늘 있었어. 그러나 여법하게 수행하는 스님들도 많고 그래서 불교가 결코 망한 적은 없어.

**혜운**  물론 그렇지. 하지만 이번 큰스님의 부도를 새로운 불교 정화의 횃불로 삼을 생각이네. 많은 사람들을 불러 큰스님을 뜻도 기리고.

**명호**  뜻은 좋지만 아무 것도 하지 말라고 하셨던 큰스님의 유언을 잊었나?

**혜운**  그 유지는 우리가 20년 동안 이미 충실히 지켜왔네.

**명호**  그런데 왜 그걸 무시하려 해?

**혜운**  무시하는 것이 아냐.

**명호**  그러면 뭔가?

**혜운**  큰스님은 아무 것도 하지 말라고 하셨지. 그래서 우리가 아무 것도 하지 않고 지내 온 결과가 무엇인가. 세월이 흘러 남아있는 큰스님의 행장이 거의 없어. 그나마 이게 (원고지 한 뭉치를 만지며) 내가 모든 전부야. 조금만 더 지체 했더라면 이마저도 없었어. 자넨 그게 큰스님의 뜻이라 고 보는가. 이 땅에 큰스님의 흔적이 아무 것도 남지 않 는 것이 큰스님의 뜻이겠냔 말일세. 난 그동안 우리가 큰스님의 뜻을 잘못 이해하고 있었다고 생각하네. 우린 그동안 문자에 얽매어 말 그대로를 따르는 우를 범했다 고 생각해. 문자에 얽매여 말 그대로를 따르는 것은 하 나는 알고 둘은 모르는 처사야. 아무 것도 하지 말라는 큰스님의 말은 거죽에 속아 속 일을 등한시하지 말라는 거였어. 나는 거죽에 매이지 않아. 내 마음엔 서책도 부 도도 한갓 형상에 불과하네. 난 단지 뜻을 새겨야한다는 거야. 하지만 마음으로만 뜻을 새기는 건 부족하네. 그건 마치 부처에겐 부처라는 상이 필요 없지만 중생에겐 부 처의 상이 필요한 이유와도 같네. 사람들에게 큰스님의 서책도 부도도 필요해. 이 일은 큰스님의 거죽을 새기는 일이 아니라 알맹이를 새기는 일이고 이 땅의 수행자들에게는 귀감이 되는 일이야. 내가 그래서 이 일을 하는 것이야.

**명호**  무슨 말인지는 알겠어. 하지만 왜 다 자네 맘대로인가. 서책도 혼자 밀어붙이더니 이젠 부도까지. 이렇게 자기 맘대로 할 것 같으면 자네 혼자 절을 꾸리지 우리가 무슨 필요가 있어. 밥도 자네가 하고 장도 자네가 보고 청소도 자네가 하고 해우소도 자네가 치우고 다 해.

**혜운**  서책 만드는 건 자네들도 다 동의한 일이야.

**명호**  그 일도 자네가 먼저 생각하고 우리에게 통보를 했지 같이 의논한 건 아니었어.

**혜운**  생각을 먼저 한 것도 잘못인가. 자네들이 먼저 그 제안을 했어도 나는 흔쾌하게 받아들였을 것이야. 부도도 그래.

**명호**  그래도 뭐든 혼자 결정하고 밀어붙이는 건 잘못이야. 지금 보현이 화가 단단히 났어.

**혜운**  보현이?

**명호**  그래.

**혜운**  부도일로?

**명호**  그래.

**혜운**  거긴 내가 하는 일이면 무조건 반대부터 하는 사람이야.

**명호**  보현이 그렇지는 않아. 보현이 싫어하는 건 자네의 독단이야.

**혜운**  난 해야할 일을 하는 것일 뿐 독단을 행한 적은 없어.

보현, 선방에 등장.

**보현**  자네가 독단이 아니라고? 그동안 자네가 숱하게 저질러 온 일들을 두고도 그런 말이 나오는가.

**혜운**  내가 무슨 독단을 저질렀단 말인가.

**보현**  몰라서 묻는가. 공양간 수리도 다 원했는데 자네가 못하게 막았어. 모두 수리해야한다고 했는데 그 돈을 왜 들이냐고 자네가 엇박자를 놓았어. 그 바람에 공양간은 구멍이 숭숭 뚫린 채로 있어.

**혜운**  밥하는 데는 아무 지장이 없어.

**명호**  (불평하듯) 그래도 공양간은 너무 지저분해. 천정에는 거미줄이 벽은 구멍이 숭숭 뚫려 쥐가 드나들고. 보살님들이 거기 쥐가 들락거리는 걸 보고 아무도 거기 안 들어가려해.

**혜운**  쥐구멍은 막으면 되고 거미줄은 제거하면 돼. 그게 뭐 대단한 일이라고.

**명호**  공양간 솥도 갈아야해. 빵구가 나서 때웠어. 밥하는 사람이 솥에 구멍 나는 게 얼마나 성질이 나는지 알아? 저절로 욕이 나온다네. 세상에 밥해본 사람은 다 아네. 그게 얼마나 성질나는 일인지.

**혜운**  보살님들이 그러는가?

**명호**  그럼 보살도 사람인데 그 사람들이 뭐 부처인줄 아는가. 앞에서는 아무 말 안 하지만 뒤에서는 불평들이 많

아. 그 착한 보살들이 오죽하면 그러겠나.

**혜운** 공양간엔 나도 가보았어. 아직은 괜찮아. 솥도 쓸 만하고.

**보현** 결국 다 자네 맘대로야.

**혜운** 맘대로 한 적이 없어. 공양간 일만 해도 보살들에게 물어봤고. 아직은 괜찮다고들 했어.

**명호** 그거야 주지 앞이라 그리 말한 거고 내 앞에선 안 그래.

**보현** 개울 손보는 것도 손으로 깔짝거리다 말았지. 포크레인 부르면 돈이 든다고.

**혜운** 포크레인을 부를 일은 아니었어.

**보현** 자네가 하는 짓은 저 세속의 권력자들과 하나도 다르지 않아. 그들은 겉으론 국가와 국민을 위한다고 하면서 실제론 개인적인 소의에 목을 매. 자네가 그들과 다른 것이 무언가? 서책도 혼자서 결정하고 나중에 동의를 구하더니 이젠 또 아무 말도 없이 부도를 세운다고? 왜 그런 걸 자네 맘대로 결정해? 자네가 이 절의 주인인가?

**혜운** 부도는 필요해.

**보현** 누가 그걸 결정하는데?

**혜운** 내가 만난 많은 스님들은 한결같이 말했어. 스승님의 부도를 세워야한다고. 나도 그 생각에 동감이네. 스승님의 부도를 세우지 않는 건 말이 되지 않아.

**보현** 스승님이 아무 것도 하지 말라고 한 말은 다 잊었어?

**혜운** 자네도 명호와 같은 말을 하는군. 아무 것도 하지 말라는 것은 정말 아무 것도 하지 말라는 뜻이라고 생각하나? 아니지. 그건 아직 때가 되지 않았다는 뜻이었어. 그 땐 우리가 공부해야할 때였으니까. 쓸데없이 바깥일에 매어 공부할 시간을 낭비하지 말라는 뜻이었어. 그래서 지난 20년 우린 정말 스승님 일은 아무 것도 하지 않고 불철주야 공부만 해왔어. 그러나 이젠 스승님의 행장을 새길 때가 되었어. 그런다고 우리의 공부가 후퇴하는 것 도 아니고. 더 이상 큰스님의 행장을 방치하는 것은 공 부도 아니고 제자 된 도리도 아니야.

**보현**  그럴 때가 되었다고? 그걸 결정하는 게 자넨가? 자네의 안목이 열려 이젠 해야할 일과 하지 말아야할 일이 눈에 다 보인단 말인가?

**혜운**  …….

**보현**  적어도 자네는 그렇지 않을 줄 알았어. 그래도 주지 자 리에 앉기 전에 자넨 총명했고 선지가 있었어. 근데 지 금은 아냐. 그 총명함과 선지는 온데간데없이 사라지고 독불장군 혜운만 남았어. 자리에 앉으면 다 그렇게 되는 가? 저 바깥세상도 자리가 사람을 망치더니만 자네가 그 럴 줄은 몰랐어. 이봐 혜운! 주지란 자리는 대접받는 자 리가 아니야. 그건 섬기는 자리야. 자기 맘대로 하는 자 리가 아니라 대중의 의견을 받드는 자리라고. 승속을 떠 나 세상의 자리는 다 그래. 그건 자기가 잘 나서 하는 자 리도 아니고 제멋대로 칼을 휘두르라고 주어진 자리도 아냐. 낮은 데서 사람을 섬기라고 있는 자리야. 그런데 자넨 지금 꼴값을 떨고 있어. 어디서 쥐꼬리만한 힘에 취해 절의 일을 입맛대로 처리하는 독단을 저질러! 그러고도 니가 수행자야!

**명호** (사이에 끼어들며) 왜들 이러나? 말로 해. 막역한 도반 사이가 왜 이리 험해졌어?

**보현** 도반? 저게 도반이라고. 저건 도반이 아니라 도적이야. 스승의 은혜를 말아먹고 불법을 망치는 도적!

**혜운** 도적이라고? 말이면 다 하는 줄 알아? 내가 도적이면 자넨 뭔가? 아만이라면 첫째 갈 자네가 누구 탓을 해? 자네 생각과 다르면 무조건 쌍지팡이를 짚고 나서는 것보다 더한 아만은 없어.

**명호** 이거 막가는군. 막가. 정말 이러긴가. 이리 분노를 다스리지 못해서야 수행승이라고 할 수 있겠나.

**혜운** 길을 막고 물어봐. 내가 하는 일이 잘못된 일인지. 어느 누가 스승의 유업을 기리는 일이 잘못이라고 해? 그동안 큰스님의 자료를 모으면서 많은 노스님들을 만났어. 그분들은 한결같이 서책만 만들지 말고 부도도 세우라고 했어. 하지만 보현 자넨 처음부터 큰스님의 사업에 반대했어. 큰스님이 아무 것도 하지 말라고 했다는 게 자네의 이유지만 그건 말의 거죽에 매여 속뜻을 살피지 못하는 어리석음에 불과해!

**보현** 내 눈이 어둡다 이거군. 그래 내 경지가 자네보다 못할 수도 있지. 하지만 경지가 어떻든 우린 모두 이름 없이 왔다 가네. 이름을 남기는 것조차 허망한 것이 이 세상살이야. 큰스님은 바로 그 말을 한 거야. 허공에 줄긋기를 하지 말라고. 큰스님의 뜻은 우리의 가슴에 새기는 걸로 충분해. 우리 뒤에 남거나 오는 자들이 큰스님을 기억하지 못하는 것을 안타까워하지 말자고. 세상사는 뜬구름이야. 큰스님의 행장 또한 그렇고. 그것에 연연해하는 자네의 마음에서 난 집착과 미망을 보네. 생사가 없는데 남기는 것은 또 뭔가? 남길 게 뭐가 있다고. 모든 게 공일세. 부도 또한 그렇고. 지금도 세상엔 수많은 부도가 있어. 하지만 난 부도를 보고 발심을 했다는 얘기도 부처가 되었다는 얘기도 듣지 못했네. 자네에겐 큰스님의 부도가 엄청난 의미일지 몰라도 세상 사람들에겐 그저 하나의 돌덩이에 지나지 않아. 우리가 간 뒤 큰스님을 기억하는 자가 없다면 그래서 모든 게 공으로 돌아간다면 그건 아주 자연스런 일이야.

**혜운**    많을 걸 바라지 않아. 만에 하나 부도를 보고 발심하는 사람이 있다면 그걸로도 부도의 의미는 충분해.

**보현**    자네 눈엔 아무런 흔적도 남기지 않고 죽어간 선사들은 다 바보로 보이나?

**혜운**    그런 적 없어.

**보현**    그럼 아무 것도 하지 말라한 큰스님의 말을 어기는 이유는 뭔가.

**혜운**    그땐 우리가 공부하라는 뜻으로 그런 말씀을 하셨지. 그래서 아무 것도 하지 않고 공부만 해왔고. 하지만 그 말에 얽매어 종래 아무 것도 하지 않는 것은 큰스님의 뜻을 살피지 못하는 단견이야. 큰스님이 그렇게 말했다고 평생 큰스님 일을 강 건너 불구경하듯 할 셈인가. 그건 어리석은 짓이고 제자 된 도리도 아냐. 서책을 조금만 늦게 시작했더라면 큰스님의 족적은 남은 것이 하나도 없을 뻔했어.

**보현**    그래서 안거 한번 제대로 안하고 절은 수시로 비우고.

**혜운**    피치 못할 일이 아니면 절을 떠나거나 안거를 하지 않은 건 없었어.

**보현**    그 피치 못한 일 때문에 해야 할 일은 안했다는 게 말이 된다고 생각하나?

**혜운**    자료 수집 차 내가 만났던, 큰스님과 인연 있는 스님들이 숱하게 세상을 떴어. 자네 말대로 했다면 구할 수 있는 자료는 거의 없었어.

**보현**    없으면 말지. 그게 큰스님의 뜻이니.

**혜운**    그러니 자넨 거죽을 보는 거야. 속을 보지 못하고. 서책도 필요해. 부도는 필요하고. 자네들은 아무 것도 없는 스승님의 빈자리가 허전하지도 않아?

**보현**    그게 자네의 뜻이었군. 큰스님의 뜻 운운하는 건 결국은 자네의 허전한 맘을 달래려는 수작이었어.

**혜운**    수작이라! 허! 자네 말이 맞다면 이 세상엔 절도 부처도 다 필요 없겠네 그려. 허망하고 무상한 세상에 그 따위

상이 무슨 소용인가. 하지만 이 세상엔 절도, 부처도 필
요해. 그것이 달을 가리키는 손가락을 통해 달을 볼 수
있기 때문이지. 큰스님 사업에 반대만 하는 자네야말로
달도 손가락도 필요 없다는, 세상에 둘도 없는 독단이야.

**보현**   내가 독단이라? 정말 우습군. 그렇게 떳떳하다면 부도자
리는 왜 말도 안하고 닦나?

**명호**   (놀란 듯) 부도자리를 닦다니?

**보현**   절로 들어오다 보니 포크레인이 땅을 고르고 있어 무슨
일이냐고 물었더니 부도자리를 닦는다고. 주지스님이
시켰다더군.

**명호**   부도주문을 했다더니 벌써 부도자리까지? 번갯불에 콩
구워먹는 일도 아니고. 혜운 자넨 큰스님의 일에 관한한
밀어붙이는 솜씨가 정말 대단하군. 근데 거기가 어딘가?

**보현**   불이문에서 좀 떨어진 곳이야.

**명호**   (자리에서 일어선다)

**보현**   어디 가려구?

**명호**   도대체 어떤 자리인지 한번 보려고.

**보현**   가볼 것 없네. 부도 자리는 내가 허물었어.

**혜운**   (얼굴이 사색이 되어) 뭐?


혜운, 선방을 뛰쳐나간다. 명호와 보현, 뒤따라나가자 선방, 어두워
진다. 잠시 후 부도밭에 홀로 서있는 혜운의 모습이 조명 아래 보
인다. 부도밭은 이미 부도를 세울 수 없는 상태가 되어있다. 망연자

실 부도밭을 바라보던 혜운, 보현과 명호가 나타나자 돌덩이를 들어 보현을 치려한다.

**명호**  (혜운을 막으며) 무슨 짓이야. 사람을 죽이기라도 하겠다는 거야?

**혜운**  저 놈을 그냥 두어야한단 말인가. 어떻게 스승님의 부도밭을……!

**명호**  그래도 이건 아니지. 생사가 없다지만 그 돌로 내려치는 순간 생사가 있게 되네. 보현의 목숨이 끊어진다고.

**혜운**  죽어도 싼 놈이야!

**명호**  난 피는 못 봐. 그 꼴은 죽어도 못 봐. 자네도 내 맘이 얼마나 약한지 알지 않는가. 공양간에서 요리를 할 때도 내가 얼마나 거시기 하는지 아는가. 어제도 배추를 썰면서 배추의 아픔에 내 맘에 아팠다네. 배추를 4등분으로 찢으면서 내 맘도 찢어졌다네. 그 뿐인가. 고추도 갈았지. 그 고추를 갈면서 내 맘도 빠지직 빠지직 가루가 되도록 갈렸어. 고운 가루가 된 고추를 보면서 난 다짐했네. 내 맵고 매운 너를 먹을 때마다 눈물을 흘리며 기억하리라. 내 너를 먹고 성불하리라 너도 나를 통해 성불하거라. 그 뿐인가. 버섯, 생강, 감, 그것들이 찢겨지고 갈려나가는 것을 보는 것도 힘든데 자네들의 피를 보면 내가 견디겠는가. 보현이 죽으면 나도 죽어. 내가 죽으면 자네도 살겠는가. 우리 문중은 멸문지화에 이르는 거야.

**혜운**  자넨 나서지 말고 가만있어!

**명호**  내가 어떻게 가만있어? 그러다 보현이 죽으면?

**혜운**  죽을 놈은 죽어야 살 사람이 살아. 저 놈은 죽어야 해. 아니 죽어도 싸. 스승님의 부도밭을 이 지경으로……! 내저 놈을!


혜운, 다시 보현을 치려한다. 명호, 말린다.


**보현**  치려면 쳐. 죽이려면 죽이고. 하지만 먼저 돌덩이에 대한 자네의 미망을 부숴.

**혜운**  내가 세우려는 건 돌덩이가 아니라 부도야!

**보현**  그걸로 세상을 정화하겠다고? 꿈 깨. 정화해야 하는 건 세상이 아니라 뭐든 제멋대로인 자네야.

**혜운**  난 어떤 일에서도 사적인 이익을 탐한 적이 없어. 그걸 제멋대로라고 하다니. 말장난에 능한 어리석은 놈 같으니.

**명호**  그만해. 도반끼리 이놈저놈이 뭔가.

**보현**  내가 어리석다고? 어리석은 건 좋은 것이지. 어리석어야 공부를 하고 어리석어야 쓸데없는 일에 시간낭비를 하지 않으니. 자네의 허물은 똑똑한데 있어. 똑똑해서 제 잘난 줄 알고 똑똑해서 남의 견해는 들을 것이 없다고 생각하고. 그래서 이 모든 참극이 벌어지고 있는 것이야. 큰스님은 날 칭찬하실 걸세. 자네의 쓸데없는 짓을 잘 말렸다고.

| 혜운 | 그걸 말이라고 해? 도반이 아니라 원수로군. |
|---|---|
| 명호 | 혜운! 그런 말이 어디 있나. 물을 자른다고 잘라지나? 한 번 도반은 영원한 도반이야. 자른다고 잘라질 사이도 아니고 아니라고 아닌 사이도 아냐. 그 돌부터 내려놓고. (혜운의 돌을 뺏으려 한다) |
| 혜운 | 이거 놔. (명호의 손을 뿌리친다) |
| 명호 | 이리 내. (기어이 혜운의 돌을 뺏는다) |
| 보현 | 그렇게 화가 나나? |
| 혜운 | 이런다고 내가 부도를 못 세울 줄 알아! 부도밭은 다시 조성하면 돼. |
| 보현 | 아집에 사로잡혀 뭐든 자기 맘대로 하려고 하는 그 아만을 부도로 세우게. 공부의 사표로 삼는 것이 부도의 목적이라면 그보다 더 한 부도는 없어. |
| 혜운 | 터진 입이라고 못하는 소리가 없군. |
| 명호 | 둘 다 잠깐! 잠깐 참아. 지금 둘 다 흥분했어. 다 자기 생각만 하고 있단 말일세. 두 사람 다 내 말을 들어. 혜운 말대로 스승님 당부의 골자는 공부 외 다른 것은 생각하지 말라는 것이었어. 이건 우리 모두 인정해. 우린 그동안 그렇게 해왔어. 하지만 그렇다고 스승님의 자취까지 허공으로 사라지게 내버려두는 건 아니라는 혜운의 말에 난 동감해. 지금 우리가 서책을 만들고 부도를 세운다고 거기에 현혹되지 않아. 그러니 사실 큰스님 사업은 할 수도 있어. 문제는 혜운이 그걸 자기 맘대로 결정하 |

고 밀어붙인 건데 그건 내가 봐도 아니야. 더욱이 그 일
로 혜운 자네는 주지직을 맡은 이래 안거 한번을 제대로
한 적이 없어. 안거를 하다가도 어디 자료가 있다 하는
소리만 들리면 만사 제치고 달려갔어.

**혜운**　다 말했잖나. 그렇지 않으면 안 될 일이었다고.

**명호**　항상 그게 자네의 핑계였지. 그 핑계가 공양간에서 자넬
그 꼴로 만들었어.

**보현**　그게 무슨 말인가? 공양간에서 무슨 일이 있었어?

**명호**　(이맛살을 찌푸리며) 자넨 몰라도 돼.

**보현**　둘만 알고 나는 몰라도 된다고?

**명호**　말하고 싶지 않아.

**보현**　무슨 일이냐니까.

**명호**　(말을 하려고) 그러니까 그게…….

**혜운**　(제지하며) 그만 둬.

**명호**　(작심한 듯) 뭘 그만 둬. 이미 다 엎질러진 물인데.

**보현**　모를 소리들을 하고 있구만.

**명호**　얼마 전 공양간에서 김장을 하지 않았나.

**보현**　알아. 그 때 난 출타중이어서 못 가봤지.

**명호**　그때,

혜운, 명호의 말이 이어지자 듣고 싶지 않은 듯 휑하니 자리를
뜬다.

**명호**   (퇴장하는 혜운을 향해) 이보게 혜운! 혜운! (사라지는 혜운의 뒷
　　　　모습을 보고) 화가 난 모양이군. 하긴 듣고 싶지 않겠지.

**보현**   듣고 싶지 않아? 도대체 무슨 일이 있었길래? 답답하게
　　　　굴지 말고 좀 속 시원히 말하게.

**명호**   김장을 하는데 혜운이 왔어. 내가 미리 귀띔을 했거든.
　　　　바빠도 얼굴을 좀 비치라고. 얼굴 보기 힘든 주지가 공
　　　　양간에 나타나자 모두들 반겼어.

**보현**   그런데?

**명호**   사람들이 환호하자 혜운은 쑥스러웠던지 일을 해야 점
　　　　심상을 받을 수 있을 것 같다고 했어.

**보현**   그런데?

**명호**   (성가신 듯) 아! 좀 잠자코 들어. 자네가 자꾸 그러니 내 말
　　　　이 끊기잖아.

**보현**   (미안한 듯) 알겠네. 내가 너무 궁금해서.

**명호**   그런데 김칫소를 넣던 장보살이 고개를 들더니 "먹고 사
　　　　는 인생인데 밥을 안 먹을 순 없지예. 근데 마음에는 과
　　　　거상도 현재상도 미래상도 없다는데 주지스님은 무슨
　　　　상에 점심을 드실라 카는지 모르겠네예" 이러는 게 아니
　　　　겠나.

**보현**   (놀란 듯) 장보살이?

**명호**   그렇다니까.

**보현**   그런데?

**명호**   혜운이 그 말에 아무런 대꾸를 못했네.

**보현**　그래서…… 자네는?

**명호**　생각은 뱅뱅 도는데 입이 안 떨어졌어.

**보현**　자네도 딱하네. 그게 생각으로 되는 일인가.

**명호**　그야 그렇지.

**보현**　혜운은 주지가 된 뒤로 공부에 손을 놓고 자넨 공양간 일로 공부에 손을 놓더니 꼴좋네 그려. 허! 절 잘 돌아간다. 공양간 보살이 중들을 가르치게 생겼으니.

**명호**　자네도 장보살이 한 꺼풀을 벗었다고 보는가?

**보현**　혜운이 입을 떼자마자 전광석화처럼 나온 그 말이 그럼 뭐 사전에 준비된 각본이라고 생각하는가?

**명호**　그건 아니지.

**보현**　눈이 트이지 않고 그렇게는 못하지.

**명호**　맞아. 장보살은 범상치 않아. 그냥 밥이나 하는 식순이가 아냐. 그동안 툭툭 던지는 말뽄새도 어쩐지 심상치 않았어.

**보현**　다른 일도 있었나?

**명호**　전에 우연히 장보살이 공양간에서 혼자 쭈그리고 앉아 밥을 먹는 걸 보고 보기 안 되어서 별 생각 없이 왜 그러고 밥을 먹냐고 그랬더니 대뜸 공양주스님은 밥을 어떻게 잡수시나? 이러더라고. 근데 그 질문이 선뜻 뭐라 대답하기가 애매모호하더라니까. 앉아서 먹는다도 아닌 것 같고 서서 먹는다도 아닌 것 같고 밥상을 차려먹는다는 것도 그렇고, 입으로 먹는다, 숟가락으로 먹는다, 젓

가락으로 먹는다 뭐 온갖 생각이 다 나는데 막상 내놓을 말이 없어 그냥 웃어 넘겼어. 그런데 공양간을 나서는 내 뒤통수가 얼마나 가렵던지. 그 뒤로는 장보살 얼굴 보기가 겁났어. 그런데 이번에 또 그런 일이 벌어진 거야.

**보현**    (고개를 끄덕인다)

**명호**    알 수 없어. 매일 밥이나 하는 장보살이 언제 공부가 그렇게 익어 과거심도 현재심도 미래심도 구할 수 없다는 금강경의 구절을 어떻게 그렇게 절묘하게 비트는지. 보현 자네라면 장보살의 말에 뭐라고 답하겠는가?

**보현**    할 말 없어.

**명호**    자네도 대답이 궁한 모양이군.

**보현**    (명쾌하게) 이미 사구가 되어버린 말에 덧붙일 게 뭐가 있다고.

**명호**    사구?

**보현**    술 익는 때가 지난 술은 식초에 불과하네.

**명호**    …….

**보현**    어쨌거나 두 사람 다 한방 먹었네.

**명호**    꼴이 우습게 되었지. 그 일 이후 공양간 보살들 보기가 겁나.

**보현**    혜운이 한동안 방에서 나오지 않고 두문불출한 것도 그 때문이었군.

**명호**    그랬을 거야. 보살의 질문에 답을 못했으니 주지 체면이

말이 아니지. 나는 그렇다 해도 혜운이 아무 말을 못한
건 나도 좀 그래. 나야 공부를 안 한 건 맞지만 그래도
혜운은 나름 열심히 공부를 한 것 같거든.

**보현**  혜운이 공부를 했다고? 그걸 자네가 어떻게 알아?

**명호**  마취 없이 이빨을 뽑은 것도 그렇고.

**보현**  마취 없이 이빨을 뽑아? 누가? 혜운이?

**명호**  그렇다네. 물론 성공하진 못했지만.

**보현**  성공하지 못했다고?

**명호**  생이빨을 뽑다가 치과의자가 박살이 났다네.

**보현**  왜?

**명호**  아파서 몸부림을 치다가 그리 되었어.

**보현**  수술 전 삼매에 들지 못한 모양이지.

**명호**  잘 안 됐던 모양이야.

**보현**  큰스님을 본받으려면 제대로 본받아야지. 원숭이도 아
니고 흉내를 내어가지고 뭘 어쩌겠다고. 한심한 사람 같
으니!

**명호**  너무 몰아붙이지 말게. 혜운도 알고 있으니. 근데 자네
엊그제 탁발하러 나간 일은 어떻게 되었나? 나에게 보고
를 해야지. 시주를 받았으면 내놓고.

**보현**  그랬으면 내가 가만히 있었겠나?

**명호**  그랬으면 이라니?

**보현**  밥 먹고 차비 하고나니 종일 탁발에도 바랑에 남은 게
아무 것도 없었어.

**명호**  종일 탁발을 하고도 빈털터리였다고?

**보현**  세상살이가 그렇게 힘든 것인지. 사람이 없어 텅 빈 시장에 멍하니 좌판만 바라보는 시장상인들 앞에선 차마 탁발을 하지 못했네. 그러다 보니 시장을 다 돌도록 바랑이 낙엽처럼 가벼웠네.

**명호**  시주는 그들이 복을 짓는 일일세. 가난하다고 그들을 외면하는 건 그들을 위한 일이 아냐.

**보현**  염불은 했어. 물론 사람들에게 부담을 주지 않으려고 그냥 지나치면서. 누구나 다 들으라고. 가끔 바랑을 벌리지 않았는데도 시주를 하는 손이 있더군. 그런데 시장을 다 돌아나가는 목 좋은 곳에 금은방이 있더군. 다른 상인들과는 달리 그 주인의 얼굴에도 화색이 돌고 윤택해보였어. 그래서 거길 들어가 탁발을 했는데,

부도밭 어두워지고 무대 한 쪽, 금은방 가게가 밝아지면 거기서 목탁을 두드리고 있는 보현이 보인다. 보현 앞 쪽엔 금은방 주인인 남자가 보석 진열대 뒤에서 인상을 찌푸리고 있다. 보현, 끊임없이 나무아미타불을 염송하며 가게를 떠나지 않는다. 가게주인은 모른 채 자기 할 일을 하다가 시간이 갈수록 짜증난 표정을 짓는다. 보현을 못마땅한 표정으로 보고, 입술을 씰룩거리고, 눈썹을 치켜뜨고, 성난 표정을 짓고, 팔짱을 낀 채 쏘아보고, 진열대 뒤를 왔다갔다하다가 다시 보현을 노려보고, 뭔가로 진열대를 치다가, 쓰레기통을 차기도 하고, 온갖 수단을 동원해 보현의 염불을 방해한다. 하

지만 그가 어떤 짓을 해도 보현은 미동 없이 염불을 한다. 이윽고 염불이 잦아지고 금은방 가게 어두워지면 보현, 다시 부도밭으로 돌아와 명호와 대화를 이어간다.

**명호**    (감탄하듯) 한 시간이나 염불을 했다고?

**보현**    하다 보니 그리 되었어.

**명호**    하다 보니라니?

**보현**    가게에 들어서는 순간 주인의 그 윤기 돌던 얼굴이 험악해졌어. 아차 싶었네. 시주는 고사하고 잘못하면 한 대 맞겠다는 생각이 들었어. 하지만 어쩌겠나? 이왕지사 칼을 뺐으니 무라도 썰어야지. 그냥 나오면 중 체면이 뭐가 되겠어.

**명호**    자네도 참! 누울 자리를 보고 발을 뻗으랬다고 탁발도 눈치가 있어야 하는 거야. 척 보고 이게 뭐가 나올 구멍인지 안 나올 구멍인지 판단을 해야지. 자네처럼 해서는 절이 굶어죽어. (일어나 관객들을 보며) 나는 말일세 탁발을 나가면 먼저 관상부터 보네. (관객들을 보고 옆으로 이동하며) 빤질빤질하게 생긴 놈들은 절대 시주를 안 해. 또 눈매 독한 놈, 목 붙은 놈, 어깨에 힘들어 간 놈, 얼굴에 기름기가 흐르는 놈, 이런 놈들도 거의 시주 안해. 반면에 사슴처럼 목이 긴 사람, 눈이 순한 사람, 얼굴이 편안한 사람, 이런 사람들은 백발백중 시주하고.

**보현**    나는 관상을 볼 줄 몰라서 마음 내키는 대로 탁발을 하는데 자넨 재주가 좋구만.

**명호**  그러니 시주가 들어올 턱이 있나.

**보현**  그런데 자넨 시주에 따라 사람을 차별하는군.

**명호**  무슨 소리야? 난 사람을 차별하지 않네. 그저 어떤 사람은 좀 싸가지가 없고 어떤 사람은 싸가지가 있다고 생각하는 정도지. 내가 아무리 중이지만 중이고 아니고를 떠나서 싸가지 없는 것들은 정말 밥맛이거든. 그 금은방 주인도 마찬가지고. (확인하듯) 아닌가? 자네도 금은방에서 한 한 시간 염불이 도로아미타불이었잖나.

**보현**  시주했어.

**명호**  (의외라는 듯) 시주를 했다구?

**보현**  염불을 끝내고 성불하라는 인사를 하고 돌아서는데 뜻밖에 바랑에 손이 들어오더군. 돌아보니 아귀 같은 얼굴이 조금은 부드러워졌어.

**명호**  그거 반전인데.

**보현**  나도 놀랐어.

**명호**  (갑자기 손뼉을 치며) 알겠어. 그 사람이 왜 시주했는지.

**보현**  갑자기 그게 무슨 소린가?

**명호**  그 사람은 보험을 든 거야.

**보현**  보험?

**명호**  중이 한 시간이나 염불을 하고 성불하라는 말을 하고 돌아서니까 뒤가 캥긴 거야. 그냥 빈손으로 보냈다간 나중에 무슨 화를 당할까 겁이 나서, 그래서 시주를 한 거라고.

**보현**　자네 머리 정말 기똥차게 돌아가네 그려. 맞아. 그랬어.

**명호**　내 말이 맞다고?

**보현**　시주를 하고 그 사람이 돌아서면서 뭐랬는지 아는가?

**명호**　뭐랬는데?

**보현**　예수를 믿는대.

**명호**　(박장대소) 예수! 그럼 자넨 예수 믿는 집에 가서 부처를 믿으라고 한 꼴이군.

**보현**　그러니 자네 말이 맞다는 걸세. 자네 말대로 그 사람은 보험을 든 거야. 예수를 믿지만 부처를 걷어차지 않기로. 그런데 어떻게 그걸 알아맞히나? 정말 탁월해.

**명호**　별 거 없어. 절 살림을 몇 해 하다 보니 눈치가 9단이 된 거지. 이젠 사람들 하는 짓만 봐도 왜 그러는지 눈에 훤히 들어와.

**보현**　눈이 너무 밝으면 공부를 못하는 법인데…….

**명호**　맞아. 머리만 굴리니 공부가 될 턱이 있겠나.

**보현**　그럼 공양간 일 그만 놓고 공부하시게.

**명호**　그런데 그게 맘대로 안 되네.

**보현**　맘대로 안 되다니?

**명호**　아무리 참선을 해도 성취가 없어. 출가한지 수십 년이 되었지만 얻은 건 경전에서 얻은 알음알이뿐 그 어떤 도력도 내겐 없어.

**보현**　(화를 내며) 무슨 소릴 하는 건가? 중이 도력을 얻자고 공부를 한단 말인가. 우리가 얻고자하는 건 해탈이야. 무지와 분노와 탐욕으로부터의 해탈! 거기 무슨 도력이 들어간단 말인가. 도력을 얻자고 하는 공부는 자신을 망치는 일이야.

**명호** 나도 그건 알아. 도력을 얻고자 하는 공부는 공부가 아니란 걸. 하지만 수십 년간 공부를 했지만 머리엔 주워들은 지식만 가득할 뿐 경을 벗어나 내 주장자를 굴리는 힘이 없으니 하는 말일세. 그래서 결론을 냈네. 내 길은 이판의 길이 아니라고. 난 사판승이 어울려. 재미도 있고.

**보현** 이판이든 사판이든 다 공부일세. 세상에 공부가 아닌 길은 없어.

**명호** 난 성불하려는 마음 없네. 일치감치 포기했어.

**보현** 성불이란 마음을 내서 성불하는 사람은 없어. 그저 마음을 비우는 일만이 그걸 가능하게 해. 성불하려는 마음이 없다니 이미 자넨 부처야.

**명호** 위로할 필요 없어. 난 틀렸어. 자네도 봤잖은가. 나에겐 어떤 사람은 놈이고 어떤 사람은 사람이고 그래. 어떤 놈은 밉고 어떤 사람은 이쁘고. 이렇게 분별심이 가득한 내가 어떻게 성불을 하겠나? 죄나 안 지으면 다행이지.

**보현** 죄가 어디 있나? 죄는 본래 자성이 없고 마음 따라 일어나니 마음 만일 없어지면 죄업 또한 사라지는 것이네.

**명호** 그건……

| 보현 | 천수경 구절일세. |
|---|---|
| 명호 | 그렇군. 오랜만에 들어보는 것 같은 천수경 구절이야. 초발심 할 때 그 한 문장 한 문장에 가슴을 떨었는데. |
| 보현 | 감동을 한 그놈은 그때나 지금이나 똑같아. |
| 명호 | 아닐세. 그때 그놈은 죽었어. 난 지금 셈이나 밝고 사람이나 분별하는 중생일세. |
| 보현 | 세상엔 부처밖에 없어. |
| 명호 | 난 부처가 아냐. 그냥 절중생이지. |
| 보현 | 자넨 숨 쉬고 심장이 뛰고 잠도 자고 하지 않나? |
| 명호 | 그렇지. |
| 보현 | 그걸 누가 하나? |
| 명호 | 내가 하지. |
| 보현 | 숨 쉬고 심장이 뛰는 걸 자네의 생각과 의지로 통제할 수 있다는 건가? |
| 명호 | 그건 안 되지. |
| 보현 | 자네가 그걸 하지 않는다면 누가 그걸 하나? |
| 명호 | 그건……. |
| 보현 | 그건 바로 자네의 생명일세. 자네의 생명이 그 작용을 하는 것이야. 생명작용 그것이 바로 부처의 작용일세. 그러니 자네가 바로 부처야. 살아있는 모든 생명이 다 부처야. 먼지 하나에도 불성이 있다는 말이 바로 그것일세. |
| 명호 | (충격을 받은 듯) 생명작용이 부처의 작용이라! 그럴듯해. 아니 그렇군. 정말 그래. 갑자기 어렴풋하던 뭔가가 정리 |

가 되는 기분이야. 오래전부터 선지식들이 해오던 그 아리송한 말들이 일목요연하게 잡혀. 먹고 자고 싸고 말하는, 일거수일투족을 하는 놈이 누구인고 하는 말이 바로 그거였어.

**보현**  이제 스스로 부처임을 인정하는 건가.

**명호**  (신명난 듯) 인정하고 말 게 없어. 그건 본래 그러하니. 말하고 자시고 할 것도 없고. 말해도 어긋나고 말을 하지 않아도 어긋나는 한 도리를 일러 보라한 큰스님의 옛 법문이 한순간에 풀렸어. 이럴 수가! 이럴 수가! 내가 바로 부처였어. 머리통으로 생각하고 따지는 부처가 아니라 그냥 통으로 부처였다고. 그런데 난 그동안 밥부처, 반찬부처, 살림부처, 걱정부처, 짜증부처, 온갖 말도 안 되는 깡통부처 노릇만 해왔어. 보현 고맙네. 내 눈을 틔워줘서. (엎으려 절을 한다)

**보현**  (만류하며) 이게 무슨 짓인가. 난 그저 자네가 잊고 있는 것을 알려줬을 뿐 내가 한 일은 없어.

**명호**  내 평생 숙제를 풀었으니 어떻게 감사해야 할지 모르겠네.

**보현**  쓸데없는 소리 말고 나중에 나도 모르는 한 소식을 하거든 문전박대 하지 말고 미천한 나에게도 한 수 일러주게.

**명호**  물론이지. 하지만 자네가 진즉 귀띔을 해주었다면 공양간에서 그 창피는 당하지는 않았을 텐데.

| 보현 | 장보살 말인가? |
|---|---|
| 명호 | 그래. |
| 보현 | 그래 지금이라면 뭐라고 할 텐데. |
| 명호 | 쓸데없는 소리 말고 김치나 한입 먹으라 했겠지. |
| 보현 | 이제는 스스로 사판이란 소린 안하겠군. |
| 명호 | 따지고 보면 이판 아닌 사판도 없으며 사판 아닌 이판도 없어. 사판이 없으면 절살림은 누가 하는가. 자고로 집에서 살림하는 사람이 있어야 밖에서 돈을 버는 사람이 있는 법. 돈 번다고 목에 힘주면 그 날부터 밥을 굶는 날이지. 먹지 않고 도 닦는 놈 있으면 나와 보라 해. |
| 보현 | 이 사람 한순간에 일취월장이군. 명호란 이름이 아깝지 않아. |
| 명호 | 보살을 등에 업은 보현이란 이름만 하겠는가. |
| 보현 | 자네 아까보다 한결 의젓해졌네. 중 냄새가 나. |
| 명호 | 의젓함을 보는 그놈이 누구인고. |
| 보현 | 뜰 앞에 잣나무라네. |
| 명호 | 똥간의 똥막대기라고 해도 다르지 않고. |
| 보현 | 앞산에 바람이 부니 뒷산의 단풍이 춤을 추네. |
| 명호 | 이보게 보현! |
| 보현 | 응. |
| 명호 | 응 하는 그놈이 바로 부처렸다. |
| 보현 | 옳거니. |
| 명호 | 옳다하면 벌써 어긋나는 것을 모르는가. |

**보현**  그만하세. 부처는 말장난이 아닌즉.

**명호**  알아. 말만 능한 부처는 부처가 아니지. 무능한 부처가 부처인가. 난 이제 막 해오를 했어. 이제 막 젖을 뗀 셈이니 해야 할 공부가 태산이네.

**보현**  그야 나도 마찬가지지. 달을 보았을 뿐 달이 된 것은 아니니.

**명호**  그래도 자넨 묵은 된장이네만 나는 햇된장이야.

**보현**  그래도 장보살 화두에 걸리지는 않을 테니 이젠 장보살 보기가 겁나진 않겠네.

**명호**  그 겁이 고마움으로 변했네.

**보현**  고맙다고?

**명호**  그 양반이 가끔 툭툭 던지는 말이 다 화두고 공안이었거든. 그래서 머리가 아팠어. 남한테 말도 못하고. 일을 하나 일을 쉬나 늘 그 양반이 던진 말이 머리에서 떠나지 않았어. 오늘 내가 부처의 단물을 맛본 것이 그 덕분인지도 모르니 하는 말일세.

**보현**  자네에겐 장보살이 스승이구만.

**명호**  맞네 맞아. 장보살이 스승이지. 덕분에 내 귀가 뜨였으니 중이 보살에게 한 수 배운 셈이지. 이렇게 생각하면 고맙고 저렇게 생각하면 쪽팔리고.

**보현**  쪽팔릴게 뭐가 있나. 앞서거니 뒤서거니 하는 게 이 공불세.

**명호**  근데 장보살 그 양반은 아무래도 꼭 혜능 같단 말일세.

무식하게 생긴 것도 그렇고 촌철 같이 던지는 화두도 그렇고.

보살1, 나타난다.

**보살1**　(조심스레) 스님! 여기 계셨네요. 온 절을 찾아다녔는데.

**명호**　무슨 일입니까?

**보살1**　부식이 왔는데 결재를 해달래요.

**명호**　그제도 결재 어제도 결재 오늘도 결재! 불법은 먼데 먹고사는 일은 수시로 닥치네.

**보현**　그러니 자네가 큰일 하고 있는 게 아니겠나. 어서 가서 욕보게.

**명호**　이런! 지금 그걸 덕담이라 하는가.

**보현**　덕담은 무슨. 시샘일세. 그래도 공양간 소임이 내가 맡은 해우소 소임보단 나으니 말일세.

**보살1**　(재촉한다) 스니임!

**명호**　(보현에게) 난 자네가 부러운데. 우리 절 똥간이 깊어 일 년에 한번만 치우면 되니 그게 어딘가. 자네가 나보다 공부가 익은 게 다 그 소임 탓인지도 몰라.

명호, 보살1을 따라 퇴장하면 부도밭에 홀로 남은 보현 위로 어둠이 내려앉는다. 그 순간 선방이 희미하게 드러난다. 선방에는 혜운, 홀로 참선에 들어있다. 참선에 빠져있던 혜운, 슬며시 잠에 빠지면 선방 한 구석이 밝아지고 불빛 아래엔 원일, 주장자를 들고 앉아있다. 혜운, 꿈속에서 원일을 발견하고 반갑게 다가가 무릎을 꿇는다.

**혜운**  큰스님!

**원일**  (차갑게) 누구냐?

**혜운**  혜운입니다. 큰스님 상좌 혜운입니다.

**원일**  혜운은 죽었다.

**혜운**  전 아직 살아있습니다. 지금 이 절의 주지예요.

**원일**  주지가 되고서 너는 너를 잃었다. 해야 할 일과 하지 말아야 할 일을 구별하지 못하는 자는 수행자가 아니다.

**혜운**  스님 전 그런 적이 없습니다. 전 오로지 절을 위해 그리고 큰스님을 위해 일해 왔습니다.

**원일**  너는 너를 위해 살 뿐이다.

**혜운**  아닙니다. 전 지금 큰스님 서책을 만들고 부도도 만들고 있습니다.

**원일**  내 책을 만들고 부도를 만든다고? 이유가 무엇이냐?

**혜운**  큰스님을 기리고 불교를 위해서입니다.

**원일**  나를 기리고 불교를 위한다고? 기가 찰 노릇이구나. 서책이 나를 대신할 수 있다고 보느냐? 부도가 나를 대신할 수 있다고 봐?

**혜운**  기울어가는 불교를 살리고 마음을 새롭게 하는 계기가 된다고 생각합니다.

**원일**  엄마에 대한 책이 엄마를 대신할 수 있느냐?

**혜운**   대신할 수 없습니다.

**원일**   엄마의 동상이 엄마의 체온을, 엄마의 사랑을 아이에게 줄 수 있느냐?

**혜운**   그건…… 안 됩니다.

**원일**   꽃을 아무리 잘 그려도 그림이 꽃이 될 수 없다. 그 그림엔 벌나비가 날아들지 않는 다. 그림을 꽃이라고 하는 건 사기니라.

**혜운**   큰스님!

**원일**   그래서 내가 아무 것도 하지 말라고 한 것이다. 네가 뭘 하든 그건 꽃이 아니라 그림일 뿐이다. 그러니 나를 위한다는 건 그저 너의 생각이고 너의 일일뿐이다.

**혜운**   큰스님에 대한 최소한의 보답이라고 생각했습니다. 많은 스님들이 저에게 그 일을 하라고 했습니다.

**원일**   네가 하는 일에 나는 없다. 너는 나를 빙자해 네 욕망을 이루려는 것이다. 그리고 넌 그 일에 중생들의 귀중한 시주까지 낭비하고 있다. 그건 무간지옥에 빠질 일이다. 네가 네 잘못으로 지옥에 가는 건 내 알바가 아니지만 너 때문에 나까지 지옥에 가야하느냐? 너에게 그 일을 하라고 한 중들은 다 요망한 마구니들이다.

**혜운**   제가 마구니 짓을 한다는 겁니까?

**원일**   세상이 왜 시끄러운 줄 아느냐? 스스로 잘난 줄 알고 나서서 가르치려하기 때문이다. 스스로를 가르치지 않고 남을 가르치려하기 때문이다. 세상은 본래 아무 문제가 없다. 세상은 본래 완전한 불국토다. 그런데 문제가 있는 놈들이 이 세상에 문제를 만든다. 바로 네가 그렇다.

**혜운**  스승님!

**원일**  내가 왜 너의 스승이냐? 넌 나의 원수다.


원일, 사라지면 혜운, 꿈속에서 원일을 찾아 헤맨다. 큰스님을 찾아 소리를 지르고 허공에 손을 허우적거리다 눈을 뜨면 선방의 불이 눈에 들어온다. 혜운, 누워있는 자신을 발견하고 놀라 일어나 주변을 두리번거린다. 보현, 등장.


**보현**  밤이 깊으려면 아직 시간이 남았는데 무슨 잠꼬대를 그리 하는가?

**혜운**  (멍한 표정)

**보현**  꿈을 꾸었는가?

**혜운**  …….

**보현**  흉몽인가?

**혜운**  무슨 일인가? 잘 시간이니 그만 가게.

**보현**  그렇게 자고 또 잔다고.

**혜운**  (짜증스레) 내가 뭘 하든 자네가 무슨 상관인가.

**보현**  공양간 일 들었네.

**혜운**  …….

**보현**  답은 찾았는가.

**혜운**  (빈정대듯) 대단하이. 그걸 확인하러 이 밤에 여기까지 온 거야? 왜 나를 비웃고 싶어서.

보현  그래서 내가 얻을 게 뭐가 있다고. 난 그저 자네가 어떤 가 해서 왔을 뿐이야.

혜운  죽이 되든 밥이 되든 내 일은 내가 알아서 하니 자넨 자 네 일이나 해. 주제넘게 남의 일에 끼어들지 말고.

보현  그래서 부도는 끝내 세울 건가?

혜운  (묵묵부답)

보현  왜 말이 없나?

혜운  혼자 있고 싶어. 나가주게.

보현  자넨 큰스님이 하지 말라는 일을 하고 있어. 그것도 자 네 맘대로.

혜운  서책은 자네도 찬성한 일이야. 부도는 많은 큰스님들이 권한 한 일이고.

보현  서책에 동의한 것은 억지춘향이었어. 자네가 하도 우기 니 마지못해 그런 것이었어. 하지만 난 늘 마음에 걸렸 네. 스승님이 하지 말란 일을 우리가 해도 되는지. 그런 데 자넨 부도까지 세우려고 있어. 스승님을 생각하는 자네의 마음은 알겠지만 그렇게 하는 것이 정녕 스승님 을 위한 것이란 생각은 안 들어. 내 생각엔 지금이라도 아무것도 하지 않았으면 좋겠어. 그리고 스승님이 진정 원하는 일을 하세.

혜운  (말문이 막힌다)

보현  어쩌면 스승님의 뜻은 그분의 행장을 새기는 일이 아니라 우리 스스로 만고에 빛나 달이 되는 것인지도 몰라.

혜운    (충격을 받은 듯) 달이……?

보현    지난 세월 수많은 선사들이 손가락으로 달을 가리킨 것은 결코 달빛을 보라는 것이 아니었지. 그건 스스로 달이 되기 위함이었어. 그런데 자넨 언젠가부터 달이 아닌 달빛을 쫓고 있네. 자네가 큰스님 일로 동분서주하는 것이 바로 그것이야. 그 일에 매달린 이후 자넨 수행다운 수행을 하지 않았어. 안거고 뭐고 다 팽개치고 그 일에만 매달렸어. 혜운! 내가 망쳐놓은 부도밭은 한나절이면 복원할 수 있어. 자네가 모아놓은 자료는 언제든 책으로 만들 수 있어. 그러나 우리의 공부는 바로 이 순간에 달려있네. 지금을 놓치면 이 순간은 다시 돌아오지 않아. 공부에 다음이라는 것은 없어. 수행에서 한 순간을 놓치는 건 어쩌면 영원을 놓치는 것인지도 몰라. 봄이 가면 씨 뿌리는 봄을 다시 되돌릴 수 없듯이. 달빛을 쫓느라 지금을 낭비하지 말게. 난 그 말을 하러 왔어. 아무리 달빛을 쫓아도 거기 달은 없어. 달빛에 달은 없어! 그렇지 않은가.

보현과 혜운, 서로 마주보는 사이 선방, 어두워지면 공양간에 딸린 작은 방에서 희미한 불빛 아래 장보살, 바느질을 하고 있다. 혜운, 장보살 앞으로 건너가 앉는다.

장보살    (바느질을 멈추고 낮은 목소리로) 야심한 시간에 주지스님이 여기까지 무슨 일이지예?

**혜운** 마음에는 과거상도 현재상도 미래상도 없는데 무슨 상에 밥을 차려먹느냐고 하셨지요?

**장보살** (잠자코 혜운을 바라본다)

**혜운** 상 없는 상에 밥을 먹습니다.

**장보살** 상이 없는데 밥은 어디에 차립니꺼?

**혜운** 모든 건 마음이니 밥은 심상에 차립니다.

**보살** 마음의 상에다 밥을 차린다면 주지스님의 배는 마음의 밥으로 채우면 되겠네예. 주지스님은 앞으로 공양간에 와서 밥 먹을 일 없겠네예.

**혜운** (말을 못한다)

**장보살** 왜 말을 못하십니꺼?

**혜운** …….

**장보살** (천천히) 말로 꾸미는 건 도가 아임니더.

**혜운** (큰소리로) 그럼 꾸미지 않는 말로 도를 일러 보십시오.

장보살, 바느질감을 놓고 자리에서 일어나 느린 걸음으로 창가로 다가가 창문을 연다. 열린 창을 통해 달빛이 방안으로 쏟아진다. 장보살, 창가에 기대어둔 지팡이를 손에 들고 혜운의 주위를 한 바퀴 돌더니 혜운 앞에 서서 지팡이로 바닥을 쿵 내려친다. 혜운, 자기 앞에 선 장보살을 쳐다본다. 서서히 암전.

끝.

한국 희곡 명작선 62

# 달빛에 달은 없고

초판 1쇄 인쇄일   2021년  1월 10일
초판 1쇄 발행일   2021년  1월 20일

지 은 이   김명주
만 든 이   이정옥
만 든 곳   평민사
          서울시 은평구 수색로 340 〈202호〉
          전화 : 02) 375-8571
          팩스 : 02) 375-8573
          http://blog.naver.com/pyung1976
          이메일   pyung1976@naver.com
등록번호   25100-2015-000102호
ISBN      978-89-7115-760-2  03800
          978-89-7115-663-6  (set)
정   가   7,000원